문화중독자
봉호 씨

- 이 책은 저자가 〈경향신문〉에 연재한 칼럼 〈문화중독자의 야간비행〉(2017년 1월 5일~2019년 12월 12일)을 선별하여 다시 편집한 글과 출간을 위해 새로 이 쓴 글을 엮은 것입니다.
- 이 책의 표기는 국립국어원 표준국어대사전과 외래어 표기법을 따랐으나, 일부의 경우 저자의 문화적 감성 전달을 위해 저자의 언어를 그대로 살렸습니다.

이봉호 에세이

문화중독자 봉호 씨

왼쪽주머니

추천사 • 인터뷰어 지승호
들어가는 글

1. 그저, 아름답기를 • 15

2. 무엇보다 강하고, 무엇보다 약한 • 87

나가는 글

추천사

솔직히 좀 후회했다. 인터뷰라는 일은 생각보다 노동집약적인 작업이라 늘 마음이 조급하고 시간이 부족하다. 일에 치여 텍스트를 쳐다보기도 싫을 때가 있는데, 어쩌자고 글을 읽고 다시 글을 써야 하는 추천사를 쓰겠다고 했는지. 그런데 원고를 받자마자 단숨에 읽어버렸다.

알코올, 담배, 마약처럼 대개 중독은 좋지 않은 의미를 내포한다. 중독은 개인만 피폐하게 만드는 것이 아니라 주변까지 파괴한다. 하지만 문화중독이라면 어떨까? 봉호 씨는 문화중독자라고 불리는 인물이다. 문화중독은 스스로의 정신을 살찌울 뿐만 아니라 인간과 사회 모두를 풍요롭게 한다.

몸에 좋은 음식, 좋지 않은 음식이 따로 있는 것이 아니라 내 몸에 맞는 음식을 적절하게 먹는 것이 건강에 가장 좋을 것이다. 문화 역시 마찬가지가 아닐까? 빅토르 위고Victor Marie Hugo는 "유행은 혁명보다 더 많은 해악을 끼쳐왔다"라고 말했다. 잘못되고 편향된 문화는 그만큼 사회에 해악을 끼칠 수 있다는 의미일 것이다. 그래서 문화를 보는 감식안이 중요할 것이고, 능력 있는 평론가란 그런 의미에서 한 사회의 등대 같은 존재일 것이다.

조지 버나드 쇼George Bernard Shaw는 "거울은 얼굴을 비추고, 예술 작품은 영혼을 비춘다"고 했다. 우리는 봉호 씨의 글을 통해 영혼을 비추는 거울을 갖게 될 수도 있다.

봉호 씨는 '말러Gustav Mahler를 찾는 사람들'이라는 글에서 "루키노 비스콘티Luchino Visconti는 소설, 영화, 음악이 하나로 모이는 놀라운 순간을 놓치지 않는다"고 말한다. 봉호 씨도 소설, 영화, 음악, 그림, 사람이 하나로 모이는 놀라운 순간을 놓치지 않는다. 그는 문화라는 통로를 이용해서 더 나아질 사회와 세상을 그려내 보인다. 그는 또 "말러를 알게 된 것은 나에게 커다란 행운이자 기회였다"고 했는데, 나 역시 봉호 씨를 알게 된 것이 커다란 행운이자 기회라는 생각이 든다.

그의 글에는 그리운 이름과 생소한 이름이 하늘의 별

처럼 등장한다. 사람을 좋아하고 음악과 영화를 좋아하는 나로서는 이렇게 쭉 이어지는 이름만 보고도 행복감을 느꼈다. 그리운 이름을 보면서는 '아, 예전에 좋아했는데'라 생각하기도 했고, 생소한 이름을 보면서는 '나중에 찾아서 감상해봐야지'라 마음먹기도 했다.

우리 눈에 보이지 않는다고 해서 별이 없어진 것은 아닌데, 우리는 때때로 그 존재를 잊고 산다. 그 별들의 존재를 잠시 잊고 살던 내게 봉호 씨의 글은 그야말로 나침반과 같았다.

봉호 씨는 동양과 서양, 대중음악과 클래식classic을 거침없이 횡단하고 종단한다. 그는 "예술과 삶이 자연스럽게 하나가 되는 공간. 그곳을 우리는 천국이라 부른다"고 말한다. 플럭서스Fluxus 운동에 참여했던 로베르 필리우Robert Filliou는 "예술은 삶을 예술보다 흥미롭게 하는 것" "창조적인 사고를 하는 것 자체가 예술"이라고 했다. 한나 아렌트Hannah Arendt는 "무지는 용서할 수 있다. 무사유는 용서할 수 없다"는 말을 했다.

예술을 포함한 문화는 삶을 흥미롭게 하고, 창조적인 사고를 하게 도와줄 것이다. 많은 사람이 "이제는 코로나19 이전으로 돌아갈 수 없다"고 자조한다. 삶의 많은 부분이 바뀔 것이다. 아니, 바꿔야 생존할 수 있을 것이다. 그러기 위해서는 사유가 필요하다. 그 사유는 스스로 무지하다는 것을 인정하는 데에서 시작된다.

　문화중독은 코로나19 시대에 꼭 필요한 중독이 아닐까 싶다. 부작용 없이 중독될 수 있도록 잘 안내해주실 거죠? 그렇죠, 봉호 씨? 이 책을 읽는 독자들도 부디, '문화중독자 봉호 씨'를 통해 '예술과 삶이 하나가 되는 천국'으로 가는 계단의 입구를 발견하길 바란다.

인터뷰어 지승호

들어가는 글

시간은 문화를 구성하는 재료이다. 인간은 유한한 시간 속에서 다양한 문화를 생산하거나 재생산한다. 모든 문화는 과거와 긴밀하게 연결되어 있다. 문화의 현재성이란 과거를 포함한 역사라는 울타리의 일부분이다. 현대문화를 조망하기 위해서는 과거의 문화를 넓고 깊게 인지해야 한다.

민주화와 이데올로기의 시대인 1980년대가 막을 내린다. 1990년대는 대중문화와 문화연구의 시대로 흘러간다. 〈계간 리뷰〉 등을 포함한 다양한 문화지가 선을 보인다. 역사 담론을 거세한 개인주의 문학이 등장하고 인디indie 음악이 기지개를 켠다. 영화계에서는 〈접속〉의 장윤현 감독과 〈초록물고기〉의 이창동 감독 등이 한국 영화의 기대주로 떠오른다. 2000년대는 휴대전화의 범람과 함께 SNS가 대중문화의 매개체로 활개를 친다. 휴대전화 문자메시지의 상용화로 복문이 아닌 단문이 글쓰기의 중심부에 위치한다. 텍스트보다는 이미지에 익숙한 세대의 등장과 동시에 인터넷을 통한 개인의 의사표현이 실시간으로 이루어지는 현상이 발생한다. 한국 드라마의 해외 수출과 함께 싸이, BTS, 블랙핑크 등은 K-Pop을 세계 대중음악의 일부로 편입하는 저력을 보여준다.

이 책은 그동안 연재했던 신문 칼럼을 대중문화서라는 특성에 맞춰 새롭게 편집한 결과물이다. 문장과 문단을 고쳐 쓰고, 새로운 글을 추가했다. 대중문화에 관심 있는 독자를 위한 교양서로써 다양한 문화 콘텐츠를 함유하고 있다. 대중문화란 장르의 구분 없이 서로 영향을 주고받는 생명체이기에 여러 가지 주제를 고민했다.

스티븐 킹Stephen Edwin King 원작의 영화 〈미져리Misery〉는 소설가제임스 칸, James Caan가 주인공으로 등장한다. 주인공을 교통사고에서 구출한 자는 소 설가의 열혈 팬이다. 영화에서는 작가가 아닌 독자가 원하는 소설을 써달라는 독자의 협박이 이어진다. 영화를 보면서 끊이지 않던 의문은 '작가와 독자의 관계'였다. 글은 완성하는 순간부터 작가의 손을 떠나기 마련이다. 여기서부터 독자라는 변수가 튀어나온다. 모든 작가는 독자로부터 자유롭지 못하다. 아니, 독자와 소통을 의식하는 과정 자체가 작가의 숙명이다.

모름지기 글이란 처음 쓰는 과정보다 고치는 과정에 몇 배의 공력이 들어간다. 애초부터 완성된 인간이 없듯이, 글이란 다듬고 들어내는 시간 속에서 모양을 갖추기 마련이다. 글에 대한 애착이 없는 작가는 없다. 하지만 애착의 굴레에서만 머무는 작가는 다른 글을 쓸 수 없다. 어쩌면 〈미져리〉에 등장하는 소설가의 상황은 대부분의 작가가 경험하는 현실일지도 모른다.

신문에서 책이라는 형태로 새롭게 태어난 지금은 새로운 비행을 위해 다시 몸과 마음을 추스러야 할 시간이다. 조던 매터Jordan Matter의 사진처럼, 우리 모두의 삶이 하나의 춤이 되었으면 한다. 글과 함께.

2020년 어느 늦은 시간에

1.

그저, 아름답기를

존 레넌의 겨울

세상에는 다양한 색의 죽음이 존재한다. 죽음으로 자신의 가치를 지키거나, 죽음으로 점진적인 사회 변화를 촉발하는 경우가 있다. 전태일의 죽음이 그랬고, 이한열의 죽음이 그랬다. 그런가 하면 비극적인 죽음으로 세인의 기억 속에 화인처럼 자리 잡는 사례가 있다. 죽음을 통해서 영원한 생을 얻는 사건이 이에 해당한다.

1980년 12월 8일. 본격적인 겨울의 문턱이었다. 저녁 라디오방송에서 그의 노래가 계속 흘러나왔다. 그해 겨울 내내 적어도 하루에 한 번은 스피커를 마주하고 노래 〈이매진Imagine〉을 들었다. 사춘기 중학생의 감정 샘을 자극할 만한 유려한 곡이었다.

1940년생인 존 레넌John Lennon은 1957년 당시 스키플

skiffle 밴드의 리더였다. 그해 음악 동료의 소개로 폴 매카트니James Paul McCartney와 조우한다. 존 레넌은 두 살 연하의 폴 매카트니를 음악적 동반자로 흔쾌히 받아들인다. 성실하고 합리적인 성향의 매카트니와 직관적이고 감성적인 성향의 레넌의 조합은 엄청난 시너지 효과를 쏟아낸다. 이후 기타리스트 조지 해리슨George Harrison이 합류한다.

영국 북서부 노동자계급 출신인 이들의 음악 행보는 1960년대 초반부터 거칠 것이 없었다. 무명밴드로 1950년대 말을 버텨낸 젊은 음악가의 열정과 재능은 시간이 흐를수록 단단해진다. 게다가 레넌과 매카트니는 독특한 음악적 조합을 꾀한다. 그들은 늘 함께 노래를 만들면서 저음부와 고음부를 조화롭게 분담하는 형태를 취한다. 매니저 브라이언 엡스타인Brian Samuel Epstein의 가세는 비틀스The Beatles에게 날개를 달아준다. 1963년 초반부터 이어진 비틀스 광풍은 이듬해 영국 출신 그룹 최초로 미국 음악시장을 석권하는 이변을 낳는다. 하지만 노동자계급의 정서를 대표한다는 록rock 음악가로서 비틀스를 바라보기엔 모호한 부분이 많았다. 비틀스를 영국 수출산업의 역군으로 둔갑시키려는 정부의 입김과 중산층 팬을 흡수하려는 브라이언 엡스타인의 비틀스 상품화 전략이 그 원인이었다.

비틀스에는 레넌과 매카트니라는 최고의 싱어송 라이터가 있었다. 이들의 풍부한 음악적 지식과 작사·작곡 능력은 자본화된 대형음반사와 프로듀서의 입김으로부터 자율성을 지켜낼 수 있는 단초가 되었다. 특히 1965년 이후 사랑 타령에서 사회적 이슈로 음악 소재를 확장하는 레넌의 존재감은 비틀스의 음악성을 끌어올리는 결정적인 동력이었다.

음악가이자 사회운동가이자 오노 요코小野洋子의 예술적 동료였던 레넌은 비틀스로부터 조금씩 멀어져간다. 자의 반 타의 반으로 비틀스의 리더가 된 매카트니의 독선도 그룹 해체의 원인이었다. 비틀스의 3인자였던 조지 해리슨의 불만도 빼놓을 수 없다. 또한 1968년에 설립한 애플레코드사Apple Records의 경영악화는 그룹 해체의 치명타로 작용한다.

1970년대 이후 레넌의 시선은 전 세계로 향한다. 베트남전 반대와 닉슨Richard Milhous Nixon 행정부를 비판하는 그의 존재감은 미국 FBI가 도청 및 미행 대상으로 지목하기에 이른다. 수년에 걸친 레넌의 미국 입국과 영주

권 승인 거부를 주도했던 미국 정치권의 부박한 태도는 줄곧 비난의 대상이 된다. 1975년부터 레넌은 페미니즘 feminism에 깊은 관심을 보인다.

1980년 12월 6일. 한 청년이 뉴욕 라과디아 공항에 도착한다. 뉴욕 다코타 하우스 주변을 서성거리던 마크 채프먼Mark David Chapman은 이틀 후 레넌과 두 번째로 마주친다. 12월 8일 밤 10시 50분. 청년은 레넌을 향해 다섯 발의 총탄을 발사한다. 마크 채프먼은 샐린저Jerome David Salinger의 《호밀밭의 파수꾼The Catcher in the Rye》을 읽고 살인을 결심했다고 진술한다. 그날 11시 15분. 레넌은 출혈과다로 세상을 떠난다.

센트럴파크에는 10만에 가까운 인파가 몰려든다. 미국과 영국은 정규 라디오방송을 중단하고 비틀스의 음악을 내보낸다. 대학가에서는 추도집회가 연이어 열리고, 10대에서 60대에 이르는 세대가 평화의 촛불을 든다. 세계평화를 위해 활동했던 음악가의 죽음을 기리는 촛불이었다. 미국 시사주간지 〈타임TIME〉지는 〈음악이 죽었을 때When the Music Died〉라는 애도의 글을 올린다.

노래 〈이매진〉을 통해서 종교와 내세, 국가와 민족주의와 자본주의에 맞섰던 존 레넌. 그때 나는 〈이매진〉의 의미를 절반도 이해하지 못했던 청소년이었다. 그나마 다행인 점은 이념적 성향의 노래를 가차 없이 금지하던 억압의 시절에 명곡 〈이매진〉이 살아남았다는 사실이다. 뉴욕과 서울을 밝히던 촛불정신과 함께 그의 빛나는 음악정신은 영원할 것이다.

우드스톡 페스티벌의
문화사

1969년 8월. 미국 뉴욕주 베텔 평야로 군중이 모여든다. 3일간 펼쳐질 일명 '우드스톡 음악과 예술 박람회The Woodstock Music and Art Fair'를 관람하려고 모인 인원은 수십만 명에 달했다. 그들은 "빨리 살고 일찍 죽는다"라고 외치던 비트제너레이션beat generation의 대안으로 떠오른 히피 문화의 추종자였다. 공연을 설계한 마이클 랭Michael Lang은 음악 제작자로 활동하던 인물이었다. 그를 제외한 관계자들은 거대한 음악 행사의 성공을 확신하지 못했다. 재즈jazz의 전성기가 지나고 록과 포크송folk song이 주류로 등장하던 시절. 제작진은 축제를 시작하는 금요일은 포크송, 토요일은 서부 지역 밴드, 일요일은 록 위주로 라인업을 구축한다.

마이클 랭에게 우드스톡 페스티벌Woodstock Festival은 어떤 의미였을까. 그에게 우드스톡이란 청년 세대가 만들려는 두 번째 세상의 가능성을 시험해보는 공론장이었다. '사랑' '평화' '음악'이라는 주제로 열린 지상 최대의 음악제는 역사적인 청년 문화를 만들어낸다. 무명 기타리스트였던 카를로스 산타나Carlos Santana는 〈솔 새크리파이스Soul Sacrifice〉란 연주곡으로 환상적인 무대를 선보인다.

공연명은 우드스톡이었지만, 실제 행사 장소는 맥스 야스거Max Yasgur의 농장이었다. 공연 문화 자체를 이해하지 못하던 주민의 반대로 마땅한 장소를 찾기가 어려웠기 때문이다. 야스거의 후원을 기념하여 록밴드 마운틴Mountain은 〈포 야스거 팜For Yasgur's Farm〉이라는 곡을 내놓는다. 준비 과정은 놀라움의 연속이었다. 음악가와 제작 관계자의 열정과 아이디어로 작은 기적이 만들어진다. 존 바에즈Joan Chandos Baez는 무대에서 〈스위트 서 갤러해드Sweet Sir Galahad〉를 열창한다.

그러나 3일간 이어진 공연은 난관의 연속이었다. 시작 전부터 몰려든 인파로 교통체증은 최악이었다. 악천후에 더해 배수 시설까지 부족해서 참가자 모두가 불편을 감수해야만 했다. 마약에 취해 난동을 부린 관중도 있었다. 일부 보수 언론은 행사의 부정적인 일면만을 강조한 비난 일색의 기사를 쏟아낸다. 그럼에도 불구하고 공연장의 뜨거운 열기는 미국을 넘어 전 세계를 감동시킨다.

지미 헨드릭스Jimi Hendrix, 재니스 조플린Janis Joplin, 알로 거스리Arlo Guthrie, 제퍼슨 에어플레인Jefferson Airplane 등 수십 명의 음악인이 페스티벌에 참여한다. 우드스톡에 모인 이들은 자원봉사자를 자처하며 교통 안내와 청소, 음식 조달 등을 돕는다. 크고 작은 토론회와 명상 모임을 하는 젊은이도 눈에 띄었다. 출신, 나이, 종교, 피부색을 초월한 평화주의자의 얼굴에는 푸른 미소가 피어난다. '반전' '반차별' '비폭력' 정신을 음악으로 구현한다는 히피의 자연공동체주의는 우드스톡 페스티벌에서 정점을 찍는다. 그들은 공연장에서 기성세대가 저지른 침략전쟁과 물질주의로부터 탈피해야 한다는 절박감을 공유한다.

문제는 20대 백인 중산층이 주도한 히피즘hippiesm이 확장성을 가지지 못한다는 데에 있었다. 이후 세계 각지에서 우드스톡의 자유정신을 이어받은 공연이 열리지만 히피 문화는 점차 자취를 감춘다. 게다가 1980년대 이후로는 대중음악에도 신자유주의의 한파가 몰아친다. 대형 음반사의 독식 구조가 더욱 굳건해지고, 뮤직비디오의 범람으로 실력보다는 외형을 중시하는 상업적 음악 문화가 자리를 잡는다.

그러나 마이클 랭은 1989년 베를린장벽제거음악회the concert at the fall of the Berlin Wall in 1989, 우드스톡 1994Woodstock '94, 우드스톡 1999Woodstock '99 등을 기획하며 전문 공연 제작자로 명성을 굳힌다. 우드스톡 페스티벌은 다큐멘터리로 제작되어 지금도 여전히 수많은 음악 애호가에게 사랑과 희망을 선사한다. 냉전 이데올로기가 한풀 꺾인 오늘날 역시 패권국가가 자행하는 폭력은 여전하다. 비록 음악이 세계평화를 해결하는 열쇠는 아닐지라도 인간 본연의 가치를 전하는 소중한 상징임은 틀림없다. 그룹 매슈스 서던 컴퍼트Matthews Southern Comfort 와 가수 조니 미첼Joni Mitchell 은 〈우드스톡Woodstock〉이란 곡으로 뜨거웠던 그해 8월을 추억했다. 우드스톡 페스티벌의 전설은 문화사의 커다란 가능성으로 남는다.

밥 말리와
탈식민주의

총을 든 남자 여섯 명이 자메이카의 한 저택으로 침입한다. 그들은 서둘러 총기를 난사한다. 마지막 총알이 레게reggae 음악가의 심장을 감싼 가슴뼈와 왼쪽 팔을 스친다. 그 순간 밥 말리Bob Marley의 티셔츠와 바지는 피로 물들어 버린다. 그는 테러범의 피격과 살인 협박에도 불구하고 목숨을 건 음악 공연을 감행한다.

1960년대 말에 등장한 레게의 음악사는 그리 길지 않다. 음악이 존재하는 공간에는 늘 음악가가 있기 마련이다. 지금 소개하는 밥 말리는 1945년 자메이카의 세인트앤에서 태어났다.

수려한 미관을 자랑하는 음악가의 고향은 정복자 콜럼버스Christopher Columbus가 1494년에 도착한 장소였다.

그곳에는 미국처럼 원주민이 살고 있었고, 스페인의 무차별적인 식민화 작업이 진행된다. 비극의 역사는 원주민의 학살과 자살로 이어진다. 극심한 노동력 부족 현상이 발생하자 스페인은 앙골라에서 노예를 수입한다. 여기가 끝이 아니었다. 1655년부터 영국이 자메이카에 군침을 흘리기 시작한다. 말 그대로 먼저 차지하는 세력이 그 땅의 주인 행세를 하는, 이상한 침략의 시대였다. 세계의 3분의 1을 식민지로 삼았던 침략국가의 시선은 자메이카로 향한다. 영국의 강압통치는 무려 80년이나 이어진다. 천혜의 자연환경에서 태어난 자메이카 토착민은 노예와 다를 바 없는 굴욕의 삶을 견뎌내야만 했다. 1838년 진정한 노예해방이 이뤄짐으로써 자메이카의 흑역사도 종식된다. 그러나 이어지는 노동력 부족 현상은 곧바로 식량 부족 현상으로 이어지고, 영국의 간접적인 피지배국으로 남게 된다.

밥 말리의 인터뷰에 나오듯이 그의 음악은 울음으로부터 시작한다. 열 살 때 세상을 떠난 영국인 아버지와 아프리카계 어머니 사이에서 태어난 밥 말리는 제도권 교육과는 동떨어진 성장기를 보낸다. 그는 자신처럼 가족과 국가를 잃은 이들의 심정을 대변하는 음악가의 삶을 택한다. 1960년대 중반에 '울부짖는 자들'이라는 의미의 웨일러스The Wailers라는 그룹을 만든 밥 말리. 그는 1972년 데뷔 음반 발표와 동시에 레게 붐을 일으킨다. 자메이카를 비롯한 아프리카의 비참한 역사는 뒤로한 채, 단지 대중문화의 일부분으로 레게가 소비되는 기현상이 벌어진다.

레게를 단지 즐기는 음악으로만 취급하는 바깥세상에서 밥 말리는 자신의 길을 개척한다. 그의 음악은 노예제와 인종 갈등에 대한 직선적인 비판과 고발이었다. 레게를 단지 토속음악 정도로 취급하려던 미국과 영국에서 조금씩 그들의 현실에 관심을 가지기 시작한다. 밥 말리는 단순한 대중음악가가 아닌 사회운동가의 면모를 장착한 존재로 거듭난다. 록, 솔뮤직soul music, 블루스blues, 펑크록punk rock의 요소를 혼합한 웨일러스는 세계 음악의 주류로 떠오른다. 1973년 웨일러스는 관객 대부분이 백인으로 채워진 미국 순회공연을 성공적으로 마친다.

자메이카는 선거를 앞두고 정치 세력 간의 갈등이 고조에 달한다. 밥 말리는 공연을 중단하라는 괴한의 협박 전화에 이어 총격까지 당한다. 병원에서 퇴원한 그는 목숨을 걸고 무대에 다시 오른다. 선거는 민중당의 승리로 막을 내린다. 자메이카 유권자는 밥 말리가 지지한 정치인 마이클 맨리Michael Norman Manley의 손을 들어준다. 미국 CIA는 밥 말리에게 "자메이카에서 머물면 테러의 희생양이 될 것"이라고 경고한다. 이후 밥 말리는 인터뷰에서 이렇게 말한다.

중요한 건 생존입니다. 이곳은 지금도 대량학살이 이어지고 있습니다. 자메이카는 대다수의 가난한 사람이 고통스러운 삶을 이어가는 작은 나라입니다. 국민이 할 수 있는 건 어리석은 전쟁뿐입니다.

1981년 망명자 밥 말리는 뇌종양으로 사망한다. 그의 유해는 정치 갈등의 현장이자 고국인 자메이카로 향한다. 이후 문화상품으로 재등장한 밥 말리의 이미지는 자유와 방종의 상징으로 소비된다. 자메이카를 뒤흔든 식민주의는 한국을 포함한 피해국의 정체성에 치명적인 상처를 남긴다. 그는 음악으로 세상에 맞선 탈식민주의자였다.

광화문 메카레코드

해가 뜨나 달이 뜨나 음악이 흐르는 집이 있습니다. 국내에서는 구하기 힘든 희귀 음반도 어렵잖게 만날 수 있는 곳입니다. 한번 들러보십시오. 코 밑에 털 난 아저씨와 마음씨 좋은 젊은 오빠가 음악의 문을 활짝 열어드릴 것입니다.

1992년 가을에 처음으로 출간한 아트록art rock 잡지를 읽다가 발견한 광고 문구. 그곳은 서울 중심가에 위치했던 음악이 흐르는 집이었다. 광고 면에는 어떤 음반점의 소개 글이 보였다.

음악에 목이 마를 땐 메카의 문을 여십시오. 메카의 문은 항상 열려 있습니다.

1969년에 발표한 밥 딜런Bob Dylan의 음반 사진을 우측에 배치한 광고. 레코드점 이름은 이슬람교의 창시자 무함마드Muhammad의 출생지인 '메카'였다. 주소는 서울시 중구 정동 23-10번지. 신문로에서 운영하던 작은 레코드점에서 확장 이전한 곳이었다.

60~70년대 록, 팝pop, 재즈, 블루스, 국악, 가요, 사운드트랙 soundtrack, 영미권 블루스록blues rock, 절판 라이선스 대량 확보. LP, CD 위탁 판매 환영. 음악업소 개업 문의 친절상담.

문구만 얼핏 보아서는 클래식이나 힙합hiphop 정도를 제외한 모든 장르의 음반을 구비한 듯했다. 나는 가게 문을 여는 11시 30분쯤 메카레코드에 들렀다. 이왕이면 반나절이라도 먼저 원하는 음반을 구하기 위해서였다. 메카레코드의 사장은 재즈와 솔뮤직 마니아였다. 자연스럽게 인근에 위치한 다른 음반점에 비해 관련 장르의 음반이 많았다. 어떤 음반을 사들였을까. 그곳에서 재즈 음반 레이블 OJCOriginal Jazz Classics, 프레스티지Prestige, 블루노트Blue Note, 콩코드Concord 계열의 LP를 수집했다. 그 외에 블루스, 솔뮤직, 포크 장르의 LP를 메카레코드에서 사들었다. 어떤 날은 이곳에서 빙송인 전영혁을 볼 수 있었다. 1980년대 후반에는 메카레코드 건너편이 MBC 라디오방송국 자리였다. 그는 1986년 4월 29일부터 〈전영혁의 음악세계〉를 진행했다. 시그널 음악은 아트 오브 노이즈Art Of Noise 의 〈모멘츠 오브 러브Moments of Love 〉로, 방송의 첫 곡은 버클리 제임스 하베스트Barclay James Harvest 의 〈플레이 투 더 월드Play To The World 〉로 기억한다.

시간이 흘렀다. 외근 길에 누군가 나를 부르는 소리가 들렸다. 돌아보니 메카레코드 사장이 서 있었다. 때는 1990년대 중반. 우리는 광화문 세종문화회관 뒷골목에서 조우했다. 그는 음반점을 다른 이에게 넘기고 음반통신판매 사업을 하고 있었다. 새로운 일을 시작해서인지 자신감과 생기가 넘쳤다. 마음이 허전했지만 그에게 내색하지는 않았다.

주인이 바뀌고 마지막으로 메카레코드에 방문했다. 그곳에서 그레이트풀 데드Grateful Dead 의 라이브 CD를 구입했다. 아쉽게도 메카레코드의 공기는 적막하고 쓸쓸했다. 아저씨 두 명이 운영하던 예전의 메카레코드는 내 20대를 함께한 일종의 대안 공간이었다. 굳이 음반을 사지 않더라도 그곳에서 틀어주는 음악만으로도 좋았던 시간. 이후 홍대 지역으로 음반점이 모여들기 시작한다.

영화 〈산책〉은 레코드점을 무대로 이야기가 펼쳐진다. 음악 애호가인 주인 이영훈^{김상중}. 음악에 전혀 관심이 없는 직원 서연화^{박진희}. 다른 취향, 다른 성격의 남녀는 음악을 매개로 공감대를 형성해간다. 영화는 '인간' '음악' '공간'이라는 세 가지 변수를 음반점을 중심으로 풀어낸다. 레코드점이라는 음악 공간이 없었다면 그들은 영원한 타인으로 사라질 관계였다. 〈산책〉은 인연과 망각에 관한 영화이다.

추억의 한구석을 차지했던 메카레코드는 이제 없다. 음악의 메카로 불리던 광화문의 어감도 바뀌었다. 지금, 메카레코드에서 구입한 음반을 다시 들어본다. 제목은 비비 킹_{B. B. King}의 〈더 스릴 이즈 곤_{The Thrill is Gone}〉.

홍대 음반점의 추억

토요일 오후 회사 일을 마치면 홍대로 향했다. 주 6일 근무제를 시행하던 시절이었다. 회식 날짜가 대부분 금요일 저녁이다 보니 다음 날 출근하는 발걸음이 무거울 수밖에 없었다. 늦잠과 낮잠으로 이어지는 오후만 있던 일요일이 지나면 다시 종로행 버스에 몸을 실어야 했다. 다행히도 내겐 일주일간의 어지러움을 풀어낼 수 있는 공간이 존재했다. 바로 '마이도스'였다.

　1990년대 중반 무렵의 홍대는 소비 지구라는 정체성이 흐릿하던 지역이었다. 살인적인 보증금과 월세도, 관광객의 잦은 발걸음도, 술집의 난립 현상도 없던 고즈넉한 동네였다. 당연히 주택가의 비율이 상점보다 압도적으로 많았고, 아담한 카페가 주택가와 어울려 지냈다. 홍대 정문길에는 이런저런 책방이 모여 있었고, 젊은 예술가의 작업실 겸 보금자리가 터를 잡고 있었다. 게다가 다양한 음반점이 포진해 있었다. 중고음반점 '루시 앤 루카', 재즈전문점 '온리 재즈', 형제가 운영하던 '미화당 레코드', 일렉트로닉electronic 음악전문점 '시티 비트', 지금도 홍대에서 영업 중인 '메타복스'가 그곳이다.

마이도스는 아트록의 전도사라 불리던 성시완 대표가 운영하던 음반매장이다. 강남에서 '시완 레코드뮤지엄'이라는 음반점을 열었다가 1993년 7월에 홍대로 매장을 옮긴 상태였다. 올리버 색스Oliver Sacks 의 책《뮤지코필리아Musicophilia: Tales of Music and the Brain》에는 음악을 들으면 색채가 떠오르는 능력을 가진 이들의 사례가 등장한다. 그 시절 마이도스는 여름을 품은 나뭇잎의 색채를 띠고 있었다.

소개한 장소는 아트록 음반을 주로 취급하던 가게였다. 홍익대학교 정문을 마주 보고 걷다 보면 오른편 골목길에 위치한 음반점. 특이하게시리 입구에서 신발을 벗고 입장하는 구조였다. 슬리퍼를 갈아 신고 마룻바닥을 디디는 촉감이 썩 괜찮았다. 매장에 들어서면 왼편에 시완레코드사에서 자체 제작한 수십 장의 CD가 걸려 있었다. 계산대를 지나서 오른편으로 들어가면 LP 코너가 위치했다. 다양한 장르의 음반을 위탁 판매하는 것도 마이도스만의 특징이었다. 일본에 이어 한국에서도 영국 포크송이 조금씩 알려지던 때였다. 관련된 수입 음반이 가장 많았던 것도 발걸음을 잡는 이유였다. 그곳은 오래 머물러도 마음의 부담이 없는 푸근함이 장점이었다.

매장에서 자연스럽게 만난 사람들과 음악감상동호회를 만들었다. 일요일 오후면 지인이 운영하던 홍대 음악카페에 모여 감상회를 열었다. 이후 FM 라디오방송에 출연하여 동호회를 소개하고 제리 가르시아Jerry Garcia와 앨리슨 크라우스Alison Krauss의 음악을 선곡했다. 그 당시 친구들은 음반 제작사, 공연기획사, 음반점, 오디오 칼럼리스트 등으로 활동 중이다.

21세기는 음반업자에게 재앙이나 다름없는 시간이었다. 영원할 것 같던 LP와 CD가 시장에서 자취를 감추면서 음반시장에 혹한기가 불어닥친다. 음반매장이 차례로 사라지면서 홍대의 풍경도 점차 변해간다. 음반점과 서점 등의 문화적 상징물이 사라지고, 그 자리에 소비자본주의를 대표하는 매장이 들어선다. 홍대를 찾는 방문객의 성향도 바뀐다.

그리고 2006년 9월. 경영난으로 마이도스가 문을 닫는다. 이후 마포구 동교동으로 이전하지만 예전의 활기찬 모습은 되찾을 수 없었다. 일부 음악광을 제외하고는 더 이상 오래된 음반을 찾지 않았다. 언제나 음악을 접할 수 있는 환경이 되었지만 그만큼의 열정이 바닥 아래로 가라앉았다. 간절한 마음으로 접근하던 음악이 클릭 한 번으로 가동하는 디지털 덩어리로 변했다.

몇년 전부터 홍대에 음반점과 독립서점이 다시 들어서기 시작한다. 아날로그 문화의 재림이 반갑지만 일시적인 현상으로 그치지 않을까 걱정이 앞선다. 지금도 일주일에 두어 번 정도는 마이도스 앞을 지나친다. 그곳에서 구입한 음반. 그곳에서 마주친 인연. 그곳을 중심으로 빛난 오후의 풍경. 그렇게 홍대 음반점과 얽힌 추억은 푸르스름한 빛깔의 화석으로 남았다.

신촌블루스와
〈러덜리스〉

블루스. 표준국어대사전에 따르면 '미국 남부의 흑인 사이에서 일어난 두 박자 또는 네 박자의 애조를 띤 악곡'을 의미한다. 음악은 마치 인류의 문명처럼 변형과 융합의 과정을 겪는다. 조지 거슈윈George Gershwin 의 클래식과 재즈, 마일스 데이비스Miles Dewey Davis III 의 재즈와 록, 비지스Bee Gees 의 팝과 디스코disco 처럼 블루스도 태생 여부와 상관없이 지역과 장르와 역사라는 변수에 영향을 받는다.

1980년대 한국 대중음악계에서 블루스란 어색하고 생소한 음악이었다. 해석에 따라 나이트클럽에서 흘러나오는 느린 춤곡을 블루스라고 이해하는 경우도 적지 않았다. 일명 '블루스타임'이라는 유행어의 영향이었다. 여기에 일침을 가한 음악인이 있었으니, 바로 신촌블루스였다. 그 당시 신촌은 뉴욕의 빌리지 뱅가드처럼 젊은 음악인을 위한 열린 공간이었다.

그룹 시나위에서 신대철의 역할은 기타리스트이자 리더라는 의미만으로 해석이 충분치 않다. 시나위란 신대철의 분신과도 같은 의미이기 때문이다. 신촌블루스에서 엄인호라는 인물도 마찬가지이다.

그는 부산에서 음악다방 DJ를 하며 연주 생활을 이어나간다. 1970년대 후반기에 만든 〈아쉬움〉〈골목길〉은 신촌블루스의 대표곡으로 자리 잡는다. 엄인호는 1979년 이정선, 이광조와 함께 〈풍선〉이라는 포크 음반을 발표한다. 1982년에는 〈장끼들〉이라는 음반에서 블루스를 가요에 접목한다. 그는 전유성의 친구가 운영했던 신촌의 '레드 제플린'이라는 음악카페를 인수한다. 1986년에는 레드 제플린에서 블루스 공연을 시작한다. 같은 해 6월에는 대학로 샘터 파랑새극장에서 정식 공연을 한다. 본격적인 신촌블루스의 태동이었다.

서울올림픽으로 부산하던 1988년, 신촌블루스 1집 음반이 소리 소문 없이 등장한다. 엄인호를 필두로 이정선, 한영애, 윤명운, 정서용, 박인수가 블루스라는 우산 아래로 모여든다. 신촌블루스는 당시 텔레비전 음악방송의 주역은 아니었지만, 공연을 통해 존재감을 유지한다. 1989년 발표한 2집에서는 김현식의 〈골목길〉과 봄여름가을겨울의 〈또 하나의 내가 있다면〉을 감상할 수 있다. 1990년에는 신촌블루스 3집이 등장한다. 이번에는 정경화와 이은미가 보컬로, 이정식이 연주자로 참여한다. 병마에 시달리던 김현식은 〈이별의 종착역〉을 남긴다. 같은 해 11월 1일 김현식은 간경화로 세상을 떠난다. 엄인호는 훗날 인터뷰에서 신촌블루스 최고의 음악인으로 김현식을 꼽는다. 같은 해 엄인호는 첫 번째 솔로작이자 가장 아끼는 음반 〈SING THE BLUES〉를 발표한다.

30년이 훌쩍 지난 지금도 신촌블루스는 진행형이다. 엄인호의 음악 인생 40년을 맞이하는 2019년에도 신촌블루스는 공연을 멈추지 않는다. 그는 1997년 발표작 〈10년 동안의 고독〉을 통해 신촌블루스를 거쳐 간 수많은 블루스맨을 그리워하는 곡을 선보인다.

그는 "블루스란 편곡 과정에서 완벽을 기할 필요가 없는 자유로운 음악"이라고 표현한다. 신촌블루스의 전성시대는 애초부터 존재하지 않았다. 멤버들은 오히려 신촌블루스를 떠난 상태에서 유명 음악가라는 염원을 달성한다. 이는 엄인호가 언급한 블루스의 운명과 부합하는 또 다른 현실이다. "외로움과 고통을 동반하는 과정이 블루스의 정체성"이라는 그의 발언이 기억에 남는다.

영화 〈러덜리스Rudderless 〉에는 음악으로 과거의 상처와 화해를 시도하는 인물이 등장한다. 작은 음악카페에서 연주 생활을 하던 샘빌리 크루덥. Billy Crudup 은 지인에게 이렇게 고백한다.

포기하는 자는 결국에는 난관을 극복할 수 없다.

신촌블루스는 포기나 극복이 아닌 존재의 상징이다. 찬란하지 않았기에 변함없이 존재 가능했던 신촌블루스. 3집 수록곡 〈향수〉와 함께 그들의 음악을 추억해본다.

침묵 다음으로
아름다운 소리

미로처럼 이어지는 하얀 복도. 멀리서 들리는 소리를 따라 발걸음을 재촉한다. 잠시 후 소리의 진원지를 발견한다. 어두움 속에서 독경처럼 흘러나오는 피아노 소리. 음악의 실체와 마주하는 순간 현실과 상상의 경계가 무너진다. 인면조 신의 형상을 한 세이렌Seiren 대신 파란빛을 발하는 직사각형의 음향기기가 시선을 붙잡는다. 소리의 파장이 공간을 가득 메운다. 그의 피아노 독주는 극한의 고독을 지향한다. 그곳에서 시공간을 초월한 울림을 접한다. 연주자는 키스 재럿Keith Jarrett. 이곳은 서울 인사동 아라아트센터. ECMEditions of Contemporary Music 출신 피아니스트의 연주를 감상하는 고즈넉한 청음실이다. 때는 2013년 가을. 독일 뮌헨이 본사인 음반 레이블 ECM

이 전시회의 주인공이다. 행사명은 'ECM: 침묵 다음으로 가장 아름다운 소리'. 과연 어떤 음악이 침묵 다음의 자리를 차지하고 있을까.

해답은 1,500장이 넘는 음반을 발매한 ECM이 가지고 있다. ECM의 음악을 한마디로 정의하기란 쉽지 않다. 굳이 장르를 논하자면 재즈와 클래식의 어딘가에 속할 것이다. 여기에 세계의 민속음악이 곁들어져 ECM이라는 독창적이고 실험적인 상징이 모습을 드러낸다.

1969년 ECM을 설립한 만프레트 아이허Manfred Eicher는 새로운 형태의 재즈를 음반에 담아낸다. 1984년 이후 ECM은 뉴 시리즈 발매를 통해서 장르의 벽을 뛰어넘는 실험을 거듭한다. 초창기 ECM 음악이 재즈에 치중했다면, 중반기부터는 클래식과 민속음악으로 정체성을 확장한다. ECM의 사운드는 여백의 아름다움을 추구한다. 음악과 음악 사이의 공간마저 소중히 여기는 예술정신의 현장이다.

반면 ECM을 단지 장식적인 음악이라고 폄하하는 이가 존재한다. 이유는 다양할 것이다. 어쩌면 1960년대 이전의 재즈만을 수용하겠다는 취향일 수도 있고, 록을 정점에 세워놓고 여타 장르를 구분 짓기 하려는 심산일 수도 있다. 분명한 사실은 레이블이 아닌 음악 장르로 인정받는 ECM이 무려 50년간 더딘 걸음으로 그들만의 소리를 창조했다는 사실이다.

이러한 'ECM 현상'은 1970년대를 주름잡았던 하드록 hard rock 이나 1980년대를 지배했던 디스코보다 대중성은 떨어지지만, 지속성과 확장성이라는 측면에서 뚜렷한 차이를 보인다. 만약 ECM이 1980년대부터 등장한 음악자본주의에 영합했다면 이미 오래전에 지구상에서 자취를 감췄을 것이다. 작은 음악을 지향하는 ECM의 정신은 승자 논리와 유행에 익숙한 대중음악을 향한 소리 없는 도전이다.

기타리스트 팻 메시니 Patrick Bruce Metheny. 그는 ECM에서 첫 음반을 선보였던 과거를 이렇게 회고한다.

1976년 음반 발매 후 1년간 판매량은 1,000여 장에 불과했다. 호주에서는 겨우 한 장이라는 저작권 수익명세서가 도착했다.

만일 팻 메시니가 대형음반사에 속해 있었다면 그의 후속작 발매는 적지 않은 진통을 겪었을 것이다. 음악 또

한 권력처럼 가능성보다는 결과만을 중시하는 시장이 주
도하는 형국이었기 때문이다. 팻 메시니 그룹Pat Metheny
Group은 1982년에 발표한 음반 〈오프램프Offramp〉로 그래
미상Grammy Awards을 수상한다. 그제야 음악시장은 팻 메
시니와 함께 ECM의 존재감을 인정하기 시작한다.

피아니스트 언드라시 시프Sir András Schiff는 ECM을 통
해 〈베토벤 피아노 소나타 전집LUDWIG VAN BEETHOVEN: THE
PIANO SONATAS, ANDRÁS SCHIFF〉을 발표한다. 예술품을 소장
한 듯한 느낌을 주는 음반 이미지는 ECM만의 자랑이다.

공연과 스튜디오의 녹음 음질을 최적화하려는 노력
역시 빼놓을 수 없다. 지휘자 정명훈은 2013년 7월 이탈
리아 베네치아의 라페니체 극장에서 자신의 첫 번째 피
아노 독주 음반을 녹음한다. 그곳에는 ECM의 절반으로
평가받는 만프레트 아이허가 있었다.

ECM은 창립 이후부터 지금까지 세계 음악의 변방
을 자처한다. 자신만의 생을 그려내지 못하고 주류에 휩
쓸리는 인간사에 반하는 ECM의 정신이 새롭다. 오늘도
ECM은 침묵 다음으로 아름다운 소리를 찾아 세상의 문
을 두드린다.

베토벤의
〈영웅〉 교향곡

베토벤Ludwig van Beethoven의 음악을 들으면 권투 선수 록키 발보아Rocky Balboa가 떠오른다. 묵직한 한 방으로 승부하는 인파이터형 작곡가. 잔 펀치를 툭툭 맞으면서 느린 걸음으로 상대를 향해 전진하는 투혼의 예술가. 그렇게 베토벤은 종교에서 인간으로 음악의 정신을 확장한다. 그의 교향곡이 없었다면 말러도 구레츠키Henryk Mikołaj Górecki도 진은숙도 다른 색감의 교향곡을 완성하지 않았을까 싶다.

베토벤 교향곡은 헤르베르트 폰 카라얀Herbert von Karajan이 지휘한 음반이 가장 유명하다. 도이치그라모폰Deutsche Grammophon에서 세 번에 걸쳐 녹음한 일명 〈카라얀 베토벤 교향곡 전집Karajan: Beethoven Symphonies〉은 클래식 입문자의 교과서로 통한다. 주정주의 지휘자인 레너드 번스타인Leonard Bernstein의 자유로운 해석도 눈에 띈다. 화려하기보다 수려한 선율을 들려주는 클라우디오 아바도Claudio Abbado의 베토벤도 매력적이다. 고전으로 통하는 토스카니니Arturo Toscanini와 푸르트뱅글러Wilhelm Furtwängler의 베토벤은 음질의 열악함에도 불구하고 필청 음악으로 이어져온다.

1804년에 완성한 베토벤의 세 번째 교향곡 〈영웅Eroica〉의 실제 주인공은 바로 나폴레옹Napoléon Bonaparte이었다. 공화주의 이상에 어울리는 혁명적인 지도자 나폴레옹에 대한 베토벤의 추앙심이 교향곡의 탄생 배경이다. 베토벤은 그를 '로마의 위대한 집정관'으로 칭할 정도였고, 3번 교향곡은 난세의 영웅을 향한 음악가의 〈용비어천가〉였다. 베토벤은 자신의 3번 교향곡에 〈보나파르트Bonaparte〉라는 제목을 붙인다. 그 당시로서는 파격적인 50여 분에 이르는 긴 연주 시간, 하이든Franz Joseph Haydn과 모차르트Wolfgang Amadeus Mozart의 그늘에서 벗어난 음악성, 장중한 분위기의 도입부 등 베토벤은 3번 교향곡을 통해서 자신만의 영웅을 묘사한다.

하지만 나폴레옹을 향한 베토벤의 짝사랑은 그리 오

래가지 못한다. 나폴레옹 스스로 황제의 자리에 오른 것이 갈등의 발단이었다. 베토벤은 나폴레옹의 결정에 분개하여 교향곡 악보를 바닥에 내팽개친다. 교향곡 제목 또한 사건을 계기로 바꾸기로 결심한다. 결국 베토벤은 권력욕에 불타는 나폴레옹이 아닌 '권력을 초월한 진정한 위인을 갈망한다'는 의미로 3번 교향곡의 제목을 〈영웅〉이라고 정정한다.

3번 교향곡의 무거움을 새롭게 해석한 한국 지휘자가 떠오른다. 세종문화회관에서 열린 음악회였다. 지휘자는 춤을 추듯이 현란한 몸동작으로 〈영웅〉 교향곡을 지휘한다. 마치 세상의 모든 영웅은 한 줌의 신기루라는 의미를 전하려는 듯 보였다. 그의 이름은 금난새였다. 대중에게 편하게 다가가는 한국의 레너드 번스타인처럼 설명을 곁들인 음악회를 시도한 것이다.

금난새의 〈영웅〉 교향곡이 클래식의 대중화를 보여주는 해석이라면, 정명훈의 〈영웅〉 교향곡은 또 다른 감성을 드러낸다. 서울시립교향악단을 세계에 알린 정명훈의 〈영웅〉 교향곡은 엄숙주의를 지향한다. 그는 이명박 대통령 취임식에서 〈환희의 송가An die Freude〉로 유명한 베토벤의 9번 교향곡을 지휘한다.

예술을 영웅서사의 도구로 활용한 경우는 위 사례를 제외하고도 숱하게 많다. 다비드Jacques Louis David의 작품 〈알프스를 넘는 나폴레옹Bonaparte franchissant le Grand-Saint-Bernard〉이 그랬으며, 프란츠 폰 에케르트Franz von Eckert 가 작곡한 일왕 예찬가 〈기미가요Kimigayo〉가 이에 해당한다. 문제는 영웅이라는 단어가 암시하는 모호함이다. 과연 영웅은 존재하는 인물일까. 아니면 인간이 만든 허상일까.

'영웅'이라는 단어가 암시하는 권력 의지는 베토벤의 복잡한 현실 인식을 여과한 음악으로 완성되었다. 음악가의 애초 의지와는 다른 모양새로 전해지는 3번 교향곡. 앞으로도 이 음악은 세상의 권력자를 위한 지원군으로 활용될 것이다. 지휘봉을 잡는 자는 유한권력의 실체를 깨달을 것임은 물론이다. 눈앞의 권력은 크게 보이고, 권력의 무상함은 늘 먼 곳에 위치한다. 이게 바로 〈영웅〉 교향곡이 암시하는 권력의 초상이다.

말러를 찾는 사람들

영화 〈베니스에서의 죽음Morte a Venezia〉은 아름다움에 관한 의문부호를 남기는 작품이다. 영화감독 루키노 비스콘티는 '이탈리아 베니스베네치아'와 '미소년'이라는 두 개의 시한부 아름다움을 소재로 문제작을 완성해간다. 그는 독일 작가 토마스 만Thomas Mann의 소설을 모태로, 저물어가는 역사와 인간의 생을 교차시킨다. 영화에는 실존했던 음악가를 연상시키는 구스타프 폰 아셴바흐더크 보가드, Dirk Bogarde가 주인공으로 등장한다.

〈베니스에서의 죽음〉에는 구스타프 말러의 5번 교향곡 4악장 〈아다지에토Adagietto〉가 반복해서 등장한다. 루키노 비스콘티는 소설, 영화, 음악이 하나로 모이는 놀라운 순간을 놓치지 않는다. 〈베니스에서의 죽음〉이 선을 보인 1970년대 초반은 이탈리아 영화의 황금기이자 유럽 문화의 마지막 번성기였다. 베니스 해변에서 죽음을 맞이하는 주인공의 모습은 모든 가치는 유한하다는 쓸쓸한 암시이자 충고이다.

구스타프 말러. 종교에서 인간으로 음악의 무게중심을 이동시킨 베토벤의 아성에 필적했던 음악가. 비록 20세기 중반까지 음악계에서 주목을 받지 못하지만, 그의 음악은 지휘자 레너드 번스타인을 만나 꽃을 피운다. 스스로를 '말러'라 칭했던 번스타인은 '말러 붐'의 주역으로 맹활약한다. 주정주의 지휘자라 불리는 번스타인의 말러 교향곡에 관한 해석은 수많은 지휘자에게 영향을 끼친다.

20대 초반에 접한 말러는 어색하고 불편한 음악이었다. 불협화음으로만 다가온 6번 교향곡은 그렇게 기억에서 잊혀진다. 1990년대에 들어 말러의 음악을 다시 찾아보았다. 그때도 번스타인의 음반으로 말러를 반복 감상한다. 그럼에도 불구하고 말러는 내게 쉽사리 손을 내밀지 않았다. 인간의 희로애락을 분출하는 그의 음악은 정도의 차이만 있을 뿐 여전히 거리감이 잔존했다.

본격적으로 말러 교향곡에 빠진 계기는 지휘자 클라

우디오 아바도의 음반을 통해서였다. 아바도의 음악은 한 폭의 수채화 같은 기시감을 건네준다. 비록 토스카니니의 열정도, 발터 Bruno Walter 의 묵직함도, 베르티니 Gary Bertini 의 단정함도, 카라얀의 화려함도 존재하지 않지만, 아바도 특유의 잔잔하고 투명한 해석은 말러에도 일관성을 보여준다. 아바도의 말러는 번스타인처럼 감정의 극한을 쉬이 드러내지 않는다.

세 번째 말러는 혼돈과 평화와 도전이 뒤섞인 솔직한 소리로 다가왔다. 특히 지휘자 피에르 불레즈 Pierre Boulez 의 손끝에서 감정의 웅어리를 걸러낸 말러는 현대음악과 연결 고리로서 가능성을 보여준다.

한국에서는 지휘자 임현정이 이끌었던 부천필하모닉을 필두로 말러 붐이 일어난다. 정명훈은 서울시립교향악단 시절 인터뷰에서 말한다.

나이가 들수록 더욱 느린 템포의 말러를 지휘하겠다.

책 《말러를 찾아서 Gustav Mahler Dirigenten im Gespräch 》는 말러 음악에 관한 지휘자 29명의 목소리가 들어 있다. 다니엘 바렌보임 Daniel Barenboim 에게는 신비로움으로, 리카

르도 샤이Riccardo Chailly에게는 새로운 언어의 우주로, 구스타보 두다멜Gustavo Adolfo Dudamel Ramírez에게는 독보적인 존재로, 사이먼 래틀Simon Rattle에게는 지휘의 동기라는 의미로 말러가 존재한다. 그들에게 말러는 넘어서야 할 장벽이 아닌 삶의 일부분이다.

말러를 알게 된 것은 나에게 커다란 행운이자 기회였다. "음악은 이해할 수 있는 존재가 아니다"라는 버르나르트 하이팅크Bernard Haitink의 발언도 말러의 음악을 통해 깨달았다. 하이팅크에게 말러라는 상징은 늘 두려운 존재였다. 에사페카 살로넨Esa-Pekka Salonen은 이런 말을 남긴다.

말러는 존재하는 모든 것을 포용했다.

말러는 살로넨의 말처럼 모든 갈등의 경계를 넘나든 인물이었다. 인간은 나이가 들수록 웅덩이에 물이 고이듯이 익숙함에 집착한다. 반면 말러의 세계는 모든 익숙함을 집요하게 경계한다.

제법 매서운 바람이 스며드는 계절 가을이 다가오면, 말러가 떠오른다. 사회는 갈등 자체가 사라진 공간이 아닌, 길등을 폭력적이지 않은 방식으로 조정하고 타개하는 공간이어야 한다. 인간사의 무상함에 맞섰던 말러의 기록과 함께 사회적 혼란의 출발점을 복기하는 혜안을 가져보자.

쇼스타코비치 교향곡

쇼스타코비치Dmitrii Dmitrievich Shostakovich 7번 교향곡. 〈레닌그라드Leningrad〉라 불리는 이 작품은 1942년 3월 쿠이비셰프사마라에서 초연된다. 작품에 대한 반응은 찬사 일색이었다. 소련공산당 기관지 〈프라우다Pravda〉는 〈소비에트 예술의 위대한 날〉이라는 제목으로 쇼스타코비치의 예술세계를 인정한다. 제2차세계대전이 한창인 무렵에 완성한 곡을 통해서 쇼스타코비치는 소련을 넘어 세계적인 음악가로 이름을 알린다. 같은 해 8월, 7번 교향곡은 레닌그라드상트페테르부르크에서 다시 연주되었고, 그 해 문학 · 예술 · 과학 분야에서 이룬 성과물을 치하하는 스탈린상Gosudarstvennaya Stalinskaya premiya 을 거머쥔다.

　그 당시만 해도 독일의 침략전쟁을 비난하던 세계

언론은 스탈린Iosif Vissarionovich Stalin을 녹일의 파시즘 fascism에 맞서 싸우는 긍정적인 인물로 묘사한다. 심지어 〈타임〉지는 스탈린을 1942년 '올해의 인물'로 선정한다. 세계전쟁이 만들어낸 오류이자 착각이었다. 레닌 Vladimir Il'ich Ul'yanov Lenin에 이어 정권을 잡은 스탈린에게 음악은 정치권력의 수단에 불과했다. 그는 공산주의 예술의 다양성을 인정한 레닌과는 근본적으로 달랐다. "모든 문학은 사회주의 리얼리즘socialist realism만을 창작 원리로 해야 한다"는 스탈린의 발언은 소련에서 활동하던 예술가들의 창작욕을 짓밟는다. 스탈린이라는 권력자를 찬양하고 긍정해야 한다는 일명 '스탈린주의 Stalinism'가 독버섯처럼 스며든다.

히틀러Adolf Hitler의 전쟁은 나치 독일 아리아인의 우월성을 내세우는 비뚤어진 민족주의가 원인이었다. 스탈린의 통치 방식도 다르지 않았다. 그는 민족주의와 사회주의를 교묘하게 결합한 후, 일당독재제를 위한 우상화를 획책한다. 여기에 음악이라는 선동 도구를 양념처럼 활용한다. 스탈린의 입장에서 쇼스타코비치의 교향곡은 레닌그라드 전투에서 고전하는 소비에트 인민을 위로하는 선동음악일 뿐이었다.

쇼스타코비치는 1930년대부터 소련 내에서 음악적 명성이 자자했다. 스탈린은 클래식에 사견을 주입하기를 즐겼다. 여기서 사견이란 음악 애호가의 모습을 한 철권 통치자의 정치적 발언을 의미한다. 소비에트연방을 대표하는 음악가로 자리 잡은 쇼스타코비치는 스탈린에게 부담스러운 존재였다. 이를 눈치챈 소련공산당의 대변인 격인 〈프라우다〉가 포문을 연다.

1936년 쇼스타코비치의 오페라 〈므첸스크의 맥베스 부인Ledi Makbet Mtsenskogo uyezda 〉 공연이 금지된다. 마치 스탈린의 목소리를 변형한 듯한 비난 기사가 〈프라우다〉에 실린다. 사회주의에 어울리지 않는 음악이라는 이유가 비난의 핵심이었다. 이후 쇼스타코비치의 누나, 매형, 장모, 삼촌이 체포되고, 도청이 일상화되는 상황이 벌어진다. 스탈린은 쇼스타코비치 탄압을 통해서 예술가 전체를 견제하는 이중 효과를 노렸던 것이다.

여기서 음악이란 현실을 담아내는 그릇이어야 하냐는 질문에 봉착한다. 이는 간단한 질문이 아니다. 현실에 대한 해석이 복잡다단하기 때문이다.

1936년 이후 쇼스타코비치에게 현실이란 무엇이었을까. 독재자 스탈린의 입맛에 맞는 음악 창작이 그 대답일 것이다. 쇼스타코비치는 자신의 생계 수단인 음악을 위해 스탈린의 독주를 방관할 수밖에 없었다. 사후에 발견한 쇼스타코비치 전기에는 정치권력에 휘둘렸던 노예술가의 심경이 담겨 있다. 그는 '7번 교향곡을 만든 배경은 단지 독일과의 전쟁에서 희생된 자국민만을 위함이 아니라, 스탈린 체제에서 피해 입은 민간인을 기리는 곡'이라는 말을 남긴다. 1953년 3월 5일 스탈린은 사망한다. 같은 날 음악가 프로코피예프 Sergei Sergeevich Prokofiev 역시 세상을 떠난다.

레닌그라드 전투는 혹한, 질병, 굶주림이라는 삼중고 속에서 치러진다. 1942년 2월에는 무려 600명의 소련인이 식인 행위로 체포된다. 〈레닌그라드〉 교향곡은 인간이 저지른 최악의 범죄라는 전쟁의 주제가였다. 쇼스타코비치 교향곡의 선율에는 스탈린이 획책한 지옥도가 드리워 있었다.

여름에 다시 만나는
영화음악

7월, 가을은 아직 멀고 8월이라는 또 다른 여름을 기다리는 시간. 그래서일까. 내게 여름이 떠오르는 영화란 그리 호방하거나 낙관적이지 않다. 어쩌면 가을과 겨울이라는 스산하고 차가운 계절을 예고하는 영화를 상상하는지도 모르겠다. 그렇게 여름에 다시 만나보는 영화와 음악을 골라보았다.

〈기쿠지로의 여름菊次郎の夏〉. 배우 겸 감독으로 등장하는 기타노 다케시北野武의 역작이다. 로드무비road movie 형식으로 제작한 〈기쿠지로의 여름〉은 소외와 위로에 관한 영화이다. 건달 역으로 등장하는 기타노 다케시는 외톨이 소년과의 짧은 여행에서 생의 의미를 회고한다. 히사이시 조久石譲가 연주하는 피아노 독주곡 〈서머Summer〉는 맑고 살가운 여운을 남긴다. 히사이지 조는 자서전에서 '나는 감독의 마음에 들기 위한 곡보다는 사람들을 위한 곡을 만든다'고 말한다.

〈그랑블루Le Grand Bleu〉. 1990년대 도심 카페의 벽면을 장식했던 영화 포스터의 주인공이 바로 〈그랑블루〉였다. 바다를 배경으로 생명과 자연이라는 담론이 펼쳐지는 뤼크 베송Luc Besson 감독의 작품이다. 영화음악을 담당했던 에리크 세라Eric Serra는 장미셸 자르Jean Michel Jarre와 함께 프랑스 전자음악electronic music의 대가로 활약한다. 〈그랑블루〉는 인간의 모든 꿈은 현실 가능성을 동반해야 한다는 관념을 정면으로 반박한다. 에리크 세라의 배경음악은 영화의 분위기를 은은하게 보듬어주는 역할에 주력한다.

〈졸업The Graduate〉. 기성세대와 단절이나 사회의 부정적 현실에 관한 문제를 주로 다룬 일명 '뉴아메리칸 시네마new american cinema'를 대표하는 영화이다. 배우 더스틴 호프먼Dustin Hoffman이 여름날 수영장 속에서 세상을 응시하는 장면은 결말부와 함께 〈졸업〉의 압권에 속한다. 사이먼 앤드 가펑클Simon & Garfunkel이 부르는 〈사운드 오브 사일런스The Sound of Silence〉의 가사는 영화를 매조지 하는 매개체로 부족함이 없다. 〈졸업〉이 등장한 1960년대 말의 미국은 가사처럼 침묵의 소리로 울렁이는 반문화의 시대를 겪고 있었다.

〈썸머타임 킬러Un Verano Para Matar〉. 작품 자체보다 배우와 음악이 주목받았던 영화이다. 〈썸머타임 킬러〉에는 영화주제곡 〈런 앤드 런Run and Run〉이 등장한다. 1970년대는 프랑스 영화가 미국 영화의 물량공세에 저항했던 마지막 시대에 해당한다. 〈런 앤드 런〉으로 인해 〈썸머타임 킬러〉 LP를 구하려는 음반 수집가가 등장하기도 한다. 주연 올리비아 허시Olivia Hussey는 〈로미오와 줄리엣Romeo and Juliet〉을 통해 유명 배우의 반열에 오른 인물이다.

〈태양은 가득히Plein Soleil〉. 〈졸업〉처럼 리메이크되어 원작의 우수성을 알렸던 문제작이다. 배우 알랭 들롱Alain Delon은 이 영화에서 욕망에 휩싸인 청년의 민얼굴을 무난히 소화해내, 연기력 부족이라는 치명적인 약점을 해소한다. 영화에 흐르는 음악감독 니노 로타Nino Rota의 음악은 1960년대 유럽 영화의 황금기를 반증하는 추억의 곡으로, 70~80년대 라디오 영화음악방송의 단골손님이었다.

〈8월의 크리스마스〉, 〈봄날은 간다〉와 함께 허진호 감독의 최고작인 〈8월의 크리스마스〉는 상실과 이별이라는 단절의 언어를 영상으로 구현해낸 한국 영화의 자랑스러운 기록이다. 불치병에 걸린 사진사_{한석규}는 죽음 앞에서 이렇게 독백한다.

내 기억 속의 무수한 사진들처럼 사랑도 언젠가는 추억으로 그친다는 걸 난 알고 있었습니다. 하지만 당신만은 추억이 되질 않았습니다. 사랑을 간직한 채 떠날 수 있게 해준 당신께 고맙다는 말을 남깁니다.

배우 한석규는 영화의 주제곡을 직접 부른다. 여름의 시작과 마지막을 전하는 오래된 흑백사진 같은 영화이다. 여름은 짧고 습하며, 겨울은 길고 건조하다. 오래된 영상과 음악을 다시 보고 듣는다는 것. 이는 과거로 소환하는 행위가 아닌, 현재의 일상이자 과정이다. 여름이면 떠오르는 영화음악이 변함없이 살갑고 소중하다.

문화중독자
봉호 씨

가을음악의 기억

긴 여름이 무대 저편으로 사라졌다. 봄은 시작의 의미를
내포한다. 반면 겨울은 마무리에 적합한 계절이다. 여름
음악이 열정의 전령이라면 가을음악은 사유의 전령이다.
하늘과 나무와 바람의 변화는 삶의 이유를 성찰하게 해
주는 일종의 가을 언어이다. 음악도 사계절의 변화에 온
몸으로 반응하는 생명체이다. 본격적인 가을의 문턱에서
관심 있게 들을 만한 음악을 골라보았다.

내게 최고의 라디오 음악방송은 성시완 DJ가 진행했
던 〈음악이 흐르는 밤에〉였다. 새벽 1시부터 시작하는 방
송을 듣기 위해 밤잠을 설쳐야 했던 중학생 시절. 영국
그룹인 스트롭스Strawbs의 〈어텀Autumn〉은 〈음악이 흐르
는 밤에〉를 통해 알게 된 곡이다. 〈어텀〉은 인간과 자연

이 어우러진 격정적인 가을을 묘사한다. 특히 피아노 연주로 다가오는 후반부는 가을의 절정을 들려주는 대목이다.

고등학교 시절에는 가야금 연주자 황병기의 〈가을〉을 좋아했다. 한국 전통음악을 세계에 알린 황병기의 음악적 상상력은 놀라웠다. 그는 전위예술가와 협연도 마다하지 않는 미래형 음악가였다. 황병기 가야금 음반 시리즈 〈침향무〉에 담긴 〈가을〉은 낙엽 밟는 소리가 들리는 듯한 섬세한 연주가 특징이다. 가야금 명인이자 학자였던 황병기는 2018년 1월 말 귀천한다.

재즈와 만나면서 쳇 베이커Chet Baker의 〈어텀 리브스Autumn leaves〉를 즐겨 들었다. 지금도 좋아하는 재즈레이블인 CTICreed Taylor Incorporated 음반의 수록곡이다. 비록 쳇 베이커의 서늘한 목소리는 없지만 폴 데즈먼드Paul Desmond, 론 카터Ron Carter, 밥 제임스Bob James, 스티브 개드Steve Gadd와 협연하는 쳇 베이커의 트럼펫 연주는 모자라지도 넘치지도 않는 감각을 자랑한다. 추가로 캐넌볼 애덜리Cannonball Adderley와 마일스 데이비스의 음반 〈섬딩 엘스Somethin' Else〉에 담긴 동명 곡도 추천해본다.

에드거 윈터 그룹The Edgar Winter Group의 〈어텀Autumn〉

은 숙대입구 지하철역 인근의 라라음악사에서 발견한 음반의 수록곡이다. 그곳에서 백피증에 걸린 에드거 윈터 Edgar Winter 의 상반신이 나오는 LP를 구입했다. 스트롭스와 달리 차분하고 정갈한 가을을 보여주는 곡이다. 대학시절 약속 장소로 이용하던 라라음악사는 다양한 음악을 들려주던 공간이었다. 레코드점이 사라지면서 지금은 음악이 없는 적적한 거리로 변했다.

직장 생활을 시작할 무렵에는 김민기의 〈가을편지〉를 즐겨 들었다. 기타리스트 이병우의 반주가 등장하는 〈가을편지〉는 정갈하면서도 진솔한 김민기류의 가을을 맛볼 수 있다. 이 곡은 서울음반사에서 발매한 네 장짜리 연작 음반의 시작곡이다. 그는 2018년 JTBC 〈문화초대석〉에 출연한다. 방송에서 김민기는 자신은 가수가 아닌, 그저 노래를 만드는 사람이라고 언급한다. 그의 모습이 고맙고 반가웠다.

프랭크 시나트라 Francis Albert Sinatra 가 부른 〈어텀 인 뉴욕 Autumn in New York 〉은 몇 해 전부터 찾아 듣는 가을노래이다. 영화 〈대부 1 The Godfather 〉에도 출연했던 그는 인터뷰에서 "재즈 가수 빌리 홀리데이 Billie Holiday 의 음악적 추종자였다"라고 밝힌다. 연주곡으로도 잘 알려진 〈어텀 인

뉴욕〉은 프랭크 시나트라의 건조하면서도 나른한 음성이 매력적이다. 그의 히트곡 〈마이 웨이My Way〉 〈뉴욕, 뉴욕New York, New York〉과 함께 사랑받는 음악이다.

음악이란 감성과 이성의 중간 즈음에 위치한 소통의 언어이다. 그뿐만 아니라 인간의 부족한 상상력을 채워주는 다섯 번째 계절이기도 하다. 작가 알베르 카뮈Albert Camus는 "가을이란 모든 잎이 꽃이 되는 두 번째 봄"이라고 말했다. 가을음악과 함께 깊어가는 계절의 변화를 가슴으로 느껴보자.

겨울음악으로의 회귀

여름음악과 가을음악에 이어 겨울음악을 준비했다. 이번에는 한국 예술가 위주로 골라보았다. 길게는 1986년에서부터 짧게는 현재에 이르기까지, 시간의 간극 사이에서 등장한 음악이다. 과거에서 현재로의 궤적을 그려가며 1박 2일간의 겨울음악 여행을 마쳤다. 그들의 음악이 없었다면 내 겨울은 더욱 스산했을 것이며, 체감온도는 늘 저점에서 맴돌았을 것이다.

어떤 날의 〈겨울 하루〉를 소개한다. 조동익과 이병우라는 조합은 한국 대중음악사에서 빛나는 기록으로 남는다. 어떤 날 1집 음반에 수록한 〈겨울 하루〉는 정적과 사유의 완성물이다. 조동익의 얼음 같은 미성과 이병우의 설원 같은 기타는 예고 없이 다가와 버린 겨울을 묘사한다. 이 곡은 겨울을 정면으로 응시하려 들지 않는다. 적당한 외면과 적당한 관망을 마음에 품고 계절의 무상함을 노래한다.

조동진의 〈겨울비〉는 죽음에 관한 고해성사이다. 그는 노래라는 쓸쓸한 언어를 통해 어머니의 죽음을 위로한다. 그의 목소리는 지상에서 영원으로의 공간 이동을 수없이 반복한다. 가사처럼, 바람 끝 닿지 않은 밤과 낮 저편으로 사라진 이의 모습을 음울한 목소리로 회상한다. 5집 음반 출시와 함께 준비했던 서울 대학로 공연에서 조동진을 보았다. 무대에서는 동생 조동익이 함께 자리를 빛낸다.

김현철과 조동진은 그리 자연스러운 조합은 아니다. 시티팝city pop과 음유시는 맥주와 청주처럼 맛과 향이 다르기 때문이다. 김현철은 재즈라는 편곡 수단을 동원한다. 조동진의 원곡인 〈진눈깨비〉가 내성적인 겨울의 수용이라면, 김현철의 곡은 겨울의 초입을 알리는 젊은 외침이다. 안치환이 부르는 〈진눈깨비〉는 조동진보다는 높고 김현철보다는 낮은 어딘가에서 모습을 드러내는 비장한 겨울이다.

스왈로우의 〈눈 속의 겨울〉은 몽환적인 계절의 풍경

을 묘사한다. 그의 음성은 핑크 플로이드Pink Floyd의 데이비드 길모어David Gilmour처럼 일상의 빈자리를 집요하게 파고든다. 현악 연주를 가미한 〈눈 속의 겨울〉은 캐나다의 얼음산 위에서 펼쳐지는 실내악 공연을 연상케 한다. 그는 낮은 목소리로 말을 건넨다. 흰 눈을 털고서 다시 따뜻한 해가 뜨는 그곳으로 그냥 걸어가면 된다고.

재즈트리오 젠틀레인이 연주하는 〈Gentle Snow〉는 결코 쓸쓸하거나 허허롭지 않다. 마치 세상을 원색의 물감으로만 채우려는 듯한 의지가 엿보인다. 드러머 서덕원이 작곡한 〈Gentle Snow〉는 젠틀레인의 세 번째 음반 〈Dreams〉에 실려 있다. 피아노, 베이스, 드럼이라는 악기를 통해 지구를 향해 떨어지는 눈송이를 묘사하는 젠틀레인의 연주는 밝고 긍정적이다.

〈Between Winter and Winter〉는 JEONG PARK박정훈의 음반 〈Deep Sunset〉에 담긴 연주곡이다. 기타리스트 박정훈의 음악은 그의 어투처럼 세상을 느린 시선으로 응시하라고 안내한다. 그는 계절의 변화에 무념무상한 연주자이다. 박정훈에게 사계절은 겨울의 또 다른 모습이다. 결국 1년 365일은 겨울과 겨울 사이에 위치한 시간일 뿐이라는 지점에 도달한다. 그는 허만하 시인의 작품을 띠올리며 이 곡을 완성했다. 허만하 시인의 〈나의 계절은 가을뿐이다〉와 함께 겨울음악으로 접속을 해보자. 시인은 이렇게 말한다. 언제나 한 시대는 운명이 되려 한다고, 낙엽은 건조한 고동색만이 아니라고, 그리하여 낙엽은 푸르를 수 있다고, 푸른 낙엽이 낯선 볼리비아 흙 위에 눕는 순간 슬픈 열대는 땀에 번득이는 황갈색 피부가 된다고 말이다.

적어도 우리에겐 음악이라는 치유제가 있고, 시라는 친구가 존재한다. 어쩌면 겨울이란 허만하 시인의 말처럼 음악과 시의 계절인지도 모르겠다. 매서운 추위 속에서 생명의 위대함을 깨닫고 찬바람과 마주하며 평화의 가치를 생각하는 계절, 그 과정에서 새로운 언어와 실천을 배우는 계절, 다시 만나도 낯선 얼굴로 다가오는 계절, 바로 겨울이다.

예술혼의 가격

마흔 즈음에 대학원 공부를 시작했다. 전공은 문화예술 경영이라는, 2009년 당시로는 꽤 생소한 학문이었다. 평소 관심 분야가 대중문화이다 보니 이를 체계적으로 공부하고 싶었다. 부지런히 지원서를 작성하고, 면접을 준비했다.

대학 시절 전공이 경영학인지라 수월하게 수업을 즐겼다. 문제는 문화예술과 경영학 간의 수상한 관계였다. '모든 문화예술이 미국식 경영학에서 주장하는 신자유주의시장 논리에 부합해야 하는가'에 대한 고민이 머릿속에서 떠나질 않았다. 그에 대해서 명쾌하게 설명해주는 이가 누구도 없었다. 모든 문화예술은 경제적인 결과치를 내놔야 한다는 전제하에 강의가 흘러갔다. 문화예술경영이라는 융합학문의 범주에서는 가난한 말년을 보냈던 고흐Vincent Willem van Gogh 나 슈베르트Franz Peter Schubert 는 인생의 낙오자와 다름없다. 첫 학기 내내 물과 기름 같던 문화예술과 경영학의 불편한 동거가 의심스러웠다. 모든 문화예술은 자본 친화적인 객체로 존재해야만 경쟁 일변도의 세상에서 대접을 받는 것일까. 돈이 되지 않는 문화예술품이란 현대사의 쓰레기에 불과한 것일까.

그해 여름, 우연히 《달과 6펜스The Moon and Sixpence》라는 책과 만난다. 서머싯 몸William Somerset Maugham 의 책 《달과 6펜스》는 예술혼에 빠진 중년 남성의 일상을 담담한 필체로 묘사한다. 주인공 찰스 스트릭랜드는 처자식이 딸린 마흔 살의 가장이다. 직업은 경제적 안정이 보장된 주식중개인이다. 시계태엽처럼 반듯하고 안정적인 생을 위해서 선택한 삶이었다. 그런 주인공에게 변화의 바람이 불어닥친다. 미술가가 되겠다며 직장, 가정, 고향, 인간관계 모두를 내려놓겠다고 선포하는 찰스 스트릭랜드. 모험적인 삶을 택한 주인공에게 냉소와 우려의 시선이 모여든다. 작가는 죽마고우를 배신하고 타히티섬으로 향하는 남자의 이중성에 주목한다. 그제야 독자는 서머싯 몸이 던진 촘촘한 그물망에 낚인다. 독자는 예술가로서 새로운 출발을 시도하는 주인공의 용기와 이기심의 미혹에 조금씩 빠져든다.

고갱Paul Gauguin 의 삶을 모델로 한 서머싯 몸의 영악한 글쓰기는 《달과 6펜스》를 고전문학의 대열로 사뿐히 밀어 넣는다. 만약 찰스 스트릭랜드가 도시에서 안정적인 삶을 영위하면서 미술가의 삶을 추구했다면 이 작품은 그저 그런 부르주아의 일대기로 그쳤을 것이다. 작가는 경고한다. 예술가의 길이란 경제적 · 사회적 안정의 대척점에서 출발하는 길고도 복잡한 미로 여행이라고.

나는 문화예술과 경영학과의 관계성에 대한 해답을 《달과 6펜스》에서 발견했다. 이들은 어울리지 않는 동거인이자 가끔씩 서로를 필요로 하는 계약결혼 관계, 그 이상도 그 이하도 아니었다. 만약 찰스 스트릭랜드에게 똑같은 질문을 던졌다면 이렇게 답했을 거다. 자신의 귀 정도는 아무렇지 않게 잘라낼 정도의 자유의지가 없다면 예술혼이란 사상누각에 불과하다고 말이다.

홍대 정문에서 소극장 산울림 방향으로 걷다 보면 미술학원 간판들이 보인다. 미래의 제프 쿤스Jeffrey Koons를 꿈꾸며 예술혼을 불태우는 젊은이들이 학원으로 몰려든다. 바늘구멍을 헤치고 미술대학에 입학하지만 안타깝

세도 이들의 미래는 그리 밝지 않다. 졸업 후 전업작가로 생계를 유지하는 경우가 거의 없다는 이유를 대고 싶지는 않다. 예술가의 삶이란 자본주의사회에서 6펜스가 아닌 달의 역할을 맡아야만 하기 때문이다. 입시전문 미술학원 선생으로 일하는 남성의 인터뷰 기사가 생각난다. 그는 "학원 제자가 미대 졸업 후 인근 미술학원 선생으로 취직하는 경우를 보면서 씁쓸함을 떨치지 못했다"라고 말한다. 예술혼을 휘날리고 싶은 욕망 인자는 넘치는데, 이를 수용할 만한 시장이 존재하지 않는다. 1만 시간의 법칙 The 10,000-Hours Rule 에도 불구하고 잠재적 예술실업자를 뭉텅이로 양산하는 구부정한 사회구조를 탓하지 않을 수 없다.

지금도 화실에서 붓질에 여념이 없는 젊은 예술가들이 있다. 전업화가의 꿈은 고사하고, 마음껏 예술혼을 불태울 만한 작은 공간이라도 마련되어야 하지 않을까. 아니면 붕어빵 찍듯이 신입생을 빨아들이는 예술대학의 정원에 대해서 고민해봐야 하지 않을까 싶다. 예술혼을 단지 가격으로만 평가하려는 세상에서 불후의 명작이 나오는 것은 불가능하다. 누구나 마음만 먹으면 예술가가 될 수 있는 세상이란 신기루에 불과한 것일까.

이스털린의 역설

소득이 일정 수준에 도달하고 기본적인 욕구가 충족되면, 소득이 증가해도 행복에 큰 영향을 끼치지 않는다는 이론이 있다. 미국의 경제사학자 리처드 이스털린Richard Ainley Easterlin 은 바누아투나 방글라데시처럼 경제적으로 가난한 국가의 행복지수가 미국이나 프랑스보다 높게 나타나는 현상을 연구하면서 '이스털린의 역설Easterlin Paradox'을 발견한다.

미술계에도 관련 이론을 적용한 사례가 있다. 네덜란드 예술가이자 사회경제학자인 한스 애빙Hans Abbing 은 소득수준이 낮음에도 예술가를 희망하는 예술경제의 패러독스에 의문을 가진다. 그는 작품 활동보다 돈이나 명성 또는 인지도와 같은 외적 보상을 추구하는 상업예술가와, 작품 활동 자체에 몰두하는 순수예술가를 주목한다. 전자는 앤디 워홀Andy Warhol, 후자는 고흐의 사례가 이에 해당한다.

한편 현대미술시장에서 고흐의 사례는 더 이상 적용 불가능하다는 반론이 존재한다. 상당수의 예술가에게 외적 보상이란 작품 활동에서 나오는 부산물이라는 인식이다. 이는 무한 수익을 추구하는 경제 이론과는 근본적인 차이가 있다. 모든 기업은 사라지지만 상당수의 예술 작품은 존재감을 남긴다. 한스 애빙은 현대예술의 복잡다단한 측면과 이중성에 집중한다.

중국 미술의 사대천왕이라 불리는 웨민쥔岳敏君은 어떨까. 냉소적 사실주의 예술가로 불리는 그는 자신의 작품 세계를 다음과 같이 설명한다.

내 작품 속 인물은 모두 바보 같다. 그들의 웃음에는 자유롭지 못한, 강요된 어색함이 내재한다. 나는 이들을 통해 누군가에게 조종되며 행복해하는 현실을 묘사한다. 이들은 나의 초상이자 친구들의 모습이며, 이 시대의 슬픈 자화상이기도 하다.

중국 사회에 대한 복잡한 감정을 작품으로 표현한 웨민쥔. 그는 〈웃음大笑〉 시리즈로 천문학적인 재산을 축적한다. 흥미로운 사실은 그 역시 한스 애빙이 주장한 예술한계효용의 법칙에 해당하는 인물이라는 점이다. 예술 활동을 통해 중국 현대미술을 대표하는 인물로 자리잡은 웨민쥔. 하지만 그는 전업예술가로서 변화가 절실했다. 결국 돈벌이가 되는 〈웃음〉 시리즈를 접고 다른 형태의 예술 작업을 시도한다. 문제는 미술시장에서 웨민쥔의 새로운 화풍에 관심을 보이지 않았다는 사실이다. 그는 고심 끝에 부와 명예를 확보해준 본래의 작품 세계로 회귀한다. 앞으로 웨민쥔의 행보는 예상할 수 없다. 참고할 점은 웨민쥔이 이스털린의 역설에 근접할 만한 경제적 반사이익을 확보한, 선택받은 예술가라는 것이다. 모든 예술가가 웨민쥔의 사례를 흉내 내기란 불가능하다.

아시아를 넘어 세계의 맹주를 노리는 중국의 현실을 비판한 작품은 다음과 같다. 팡리쥔方力钧의 〈대머리光头〉 시리즈, 쩡판즈曾梵志의 〈가면假面〉 시리즈, 장샤오강张晓刚의 〈혈연血缘〉 시리즈가 그것이다. 이들은 사회주의와 자본주의를 오가는 권력자와, 이들의 철권통치 속에서 허덕이는 민중의 혼란을 작품으로 담아낸다.

　사회의 급속한 변화는 늘 정신적인 영양실조를 부르기 마련이다. 갤럽 조사에 따르면 미국의 1인당 국내총생산은 1950년대 이후 꾸준히 늘어났지만, 행복도는 오히려 추락하는 현상을 보인다고 한다. 부자의 행복은 환상일 뿐이라는 의미를 내포한 이스털린의 역설 역시 비판의 여지가 있다. 경제적 만족이라는 계량수치를 도입할 경우, 도대체 어디까지가 만족선인지를 평가하는 기준이 지역, 연령, 직업, 소득에 따라 천차만별이기 때문이다.

　2019년 UN자문기구에서 발표한 세계행복지수에서 핀란드, 노르웨이, 덴마크가 차례로 1위, 2위, 3위를 차지한다. 핀란드는 2018년에도 1위를 차지한 바 있다. 세계 경제 10위권이라는 한국은 54위를 기록한다. 2018년의 57위에서 세 계단 뛰어올랐지만, 대만, 태국, 말레이시아보다 하위에 머무른다. 이스털린의 역설이 다시금 떠오르는 순간이다.

⟨게르니카⟩와 ⟨이라크니카⟩

미국 국무부 장관 콜린 파월Colin Luther Powell은 수행원들과 함께 기자회견장으로 향한다. 그는 이라크전의 정당성을 주장하기 위한 연설을 준비한다. 장소는 전쟁 방지와 평화 유지를 위해 설립한 UN이었다.

그 순간 측근이 연설 장소를 변경하자고 다급하게 건의한다. 콜린 파월은 잠시 기자회견을 연기한다. 도대체 2003년 UN안전보장이사회 복도에서는 무슨 일이 있었던 것일까.

아들 부시George Walker Bush와 콜린 파월은 압도적인 군사적 우위를 바탕으로 2차 이라크전을 일으킨다. 그들은 침략전쟁을 세계에 설득해야 하는 부담이 상존했다. 파월 독트린의 주인공은 회견장 뒤에 걸린 미술 모조품의 의미를 이해하지 못했다. 그는 결국 그림이 보이지 않도록 천으로 가린 후에야 기자들에게 전쟁의 이유를 강변한다. 작품의 의미를 알고 있었던 미국 기자들은 침묵으로 전쟁을 묵인한다.

당시 벽에 걸려 있던 그림은 피카소Pablo Picasso의 〈게르니카Guernica〉였다. 스페인의 독재자 프랑코Francisco Franco가 저지른 인종 말살의 현장을 묘사한 작품이었다. 무채색으로 표현한 〈게르니카〉에는 민간인 폭격의 지옥도가 펼쳐진다. 작품에서 등장하는 빛은 비극의 현장을 대체하는 일종의 상징이다. 콜린 파월은 UN을 좌지우지하던 미국 정권의 민낯을 〈게르니카〉 앞에서 드러내기가 부담스러웠을 테다.

파블로 피카소. 그는 자신의 모국에서 벌어지던 참극을 간과하지 않는다. 피카소는 정신적 가치에 따라 생활하고 작업하는 예술가라면 인류와 문명이 위협받는 상황을 모른 척할 수 없다고 언급한다. 그는 이후 한국전쟁의 현장을 작품으로 표현한다. 제목 하여 〈한국에서의 학살Masacre en Corea〉. 1950년 7월 노근리에서 벌어진 민간인 학살의 현장을 묘사한 작품이다.

1991년 아버지 부시George Herbert Walker Bush가 일으킨

이라크전은 마치 게임을 관전하듯 CNN을 통해 중계됐다. 피가 튀고 팔다리가 떨어져 나가는 전쟁의 광기를 감추려는 유치한 연출극이었다. 그 당시 프랑스의 지식인 장 보드리야르Jean Baudrillard는 이렇게 비판한다.

이라크전은 벌어지지 않았다.

그는 대중매체가 보여주는 실제와 허구의 세계 속에 내재하는 폭력성이 이라크전 생방송에도 펼쳐진다고 말한다.

명작 〈게르니카〉의 운명 또한 스페인 내전 못지않은 굴곡을 거친다. 피카소는 〈게르니카〉를 프랑코가 지배하는 조국에 보관하고 싶지 않았다. 결국 〈게르니카〉는 미국 뉴욕의 현대미술관 모마MoMA에서 보관하다가, 1975년 프랑코가 죽고 1982년에 이르러야 스페인으로 돌아간다. 현재 〈게르니카〉는 스페인 마드리드의 미술관에서 보관 중이다. 피카소는 이렇게 말한다.

예술가란 정치적인 존재인 동시에 세상의 모든 역경이나 처참한 상황에 공감할 줄 알아야 하는 존재이다. 미술이란 단순히 건물을 치장하기 위해서 시도하는 객체가 아니다. 그림이란 불의에 맞서 싸우는 공격과 방어의 무기이다.

청색시대Blue Period 와 장밋빛시대Rose Period 에 이은 큐비즘cubism 이라는 미술사조를 선도했던 불세출의 예술가는 그릇된 역사를 부정하지도 외면하지도 않았다.

이후 침략전쟁을 냉소하는 수많은 〈게르니카〉가 등장한다. 그중 하나가 〈이라크니카Iraqnica 〉라고 불리는 그림이다. 제목처럼 이라크전의 참상을 비판하는 작품이다. 21세기에도 기독교와 이슬람교의 종교전쟁은 한창이다. 당연히 〈게르니카〉와 〈이라크니카〉를 능가하는 수많은 반전미술이 등장할 것이다. 동시에 전쟁을 반대하는 지각 있는 예술가가 끊임없이 나타날 것이다.

1992년 그룹 핑크 플로이드의 리더였던 로저 워터스Roger Waters 는 1차 이라크전과 톈안먼 대학살을 소재로 한 음반을 발표한다. 제목은 닐 포스트먼Neil Postman 의 책 제목을 패러디한 〈어뮤즈드 투 데스Amused to Death 〉. 음반 표지에는 텔레비전에 비친 자신의 눈을 응시하는 원숭이가 등장한다. 미술이 아닌 음악을 통해서 반전과 평화를 외치는 제3의 〈게르니카〉가 탄생하는 순간이었다.

문화전쟁의 종착역

여기는 미국 워싱턴. 국회 사무실로 우편물이 날아든다. 그 속에는 도널드 와일드먼Donald Wildmon이라는 근본주의 목사의 분노에 찬 글이 실려 있었다. 때는 1989년 4월 5일. 이른바 '문화전쟁Culture War'이라 불리는 극우 정치가와 예술가의 한판 승부가 벌어진 것이다. 도대체 미국에서는 무슨 사건이 있었기에 실체가 불분명한 '문화전쟁'이 일어난 것일까.

문화전쟁의 주인공은 뉴욕에서 태어난 안드레 세라노Andres Serrano라는 사진작가이다. 그는 1965년 출범한 NEANational Endowment for the Arts, 미국문화예술지원기관에서 책정한 예산 지원하에 전시회를 열던 중이었다. 시비의 근원은 '종교' '죽음' '섹스'를 주제로 다룬 안드레 세라노의 작가정신이었다.

〈오줌 속의 예수Piss Christ〉는 작가의 오줌, 정액, 피가 섞인 통에 빠진 십자가를 표현한 사진 작품이다. 이를 기독교에 대한 신성모독이라고 비난하는 종교인의 일갈은 미국제일주의를 주장하는 공화당원의 좋은 요릿감이 된다. 그들은 서둘러 '헬름스 수정조항Helm's Amendment'이라는 악법을 만들어낸다. 이를 통해서 NEA의 예술지원 기준을 강화하는데, 그 내용이 가관이다. 섹스, 종교에 대한 불경, 동성애 등을 포함한 표현의 자유를 제한하는 일명 '예술가 탄압법'은 예술가와 자유주의자의 공분을 사기에 충분했다. 이 사건은 결국 헌법 수정조항 제1조인 '언론, 집회, 청원의 자유' 즉 표현의 자유를 침해하는 것이라 주장하는 예술가 집단의 판정승으로 끝난다.

여기서 예를 들어보자. 로댕François Auguste René Rodin 의 〈생각하는 사람Le Penseur〉을 섹스에 대한 불경이라고 못 박는다면 인간의 나체를 소재로 한 수많은 걸작이 화형식을 치러야만 할 것이다. 제임스 헌터James Davison Hunter 는 저서를 통해 이러한 현상을 '냉전 시대보다 더 심각한 문화전쟁의 상황'이라고 지적한다.

예술의 생명은 누가 뭐라 해도 표현의 자유가 우선

이다. 1950년대 이후 동구권으로부터 문화후진국이라 손가락질을 받았던 미국은 늘 열등감에 시달려야 했다. 패권주의를 신봉하는 타락한 정치인들에게 예술가란 눈엣가시와 다름없는 존재였다. 따라서 민심을 조장하려는 권력자의 의중을 간파한 예술가들의 일상은 그리 자유롭지 못했다. 미국의 예술후원기관이 프랑스보다 무려 40년이나 늦게 만들어진 이유도 여기서 찾을 수 있다.

모든 예술 작품이 사회정치적 이슈를 담을 필요는 없다. 이 또한 표현의 자유를 제한하는 역설이기 때문이다. 하지만 작품을 통해 일그러진 세상을 바로잡으려는 예술혼을 탄압하는 사회는 후진국의 범주에서 벗어날 수 없다. 예술가의 자유의지를 원천 차단하려는 권력집단의 의도는 문제의 원인을 호미로 막아보려는 행위에 불과하다. 정치인의 목표가 권력의 쟁취와 유지라면, 예술가의 그것은 하나의 언어로 정의할 수 없다. 이러한 예술 탄압의 역사는 미국뿐 아니라 세계 곳곳에서 반복되는 현상이다. 이데올로기가 예술의 자유를 차단하는 상황이 21세기에도 변함없이 벌어지고 있다.

그렇다면 한국은 문화전쟁으로부터 자유로운 공간일까. 지원은 고사하더라도 창작자의 자유의지를 존중하려는 정부의 태도가 출발역이라면, 모든 창작자가 마음껏 상상력을 표출하는 공정사회가 종착역일 것이다. 예술가란 정치적 자기검열의 틀에 갇히는 순간, 모든 것을 잃어버리는 유리벽 같은 존재이다.

　예술가가 없는 세상을 상상해보라. 그곳은 뇌사 상태에 빠진 권력자가 지배하는 디스토피아와 다를 바 없다. 천국은 먼 곳에 있지 않다. 예술과 삶이 자연스럽게 하나가 되는 공간. 그곳을 우리는 천국이라 부른다. 예술다운 예술이 존재하는 세상을 꿈꾸며 오늘도 야간비행을 시작한다.

2.

무엇보다 강하고,
무엇보다 약한

아돌프 히틀러와
예술정치

예술은 정치권력과 복잡한 상관관계에 위치한다. 그중에
서도 클래식은 특정 계급만을 위한 향유물로써 공헌했던
역사가 존재한다. 클래식은 베토벤과 말러의 시대에 이
르러야 본격적으로 인간의 현실을 음악에 투영하기 시작
한다. 20세기 초반, 라디오와 레코드가 등장하면서 클래
식의 문턱은 조금씩 낮아진다.

　이 당시 독일에는 또 다른 변수가 존재했다. 마르크시
즘Marxism, 공산주의, 볼셰비즘Bolshevism의 거부. 민족, 보
수, 기독교적 가치의 수용. 기업가를 위해 노동조합 해
체를 주장. 여기까지만 보면 맹목적인 수구주의자의 이
미지가 떠오를 수도 있다. 이 글의 주인공 아돌프 히틀러
는 여기에 일당독재제와 반유대주의를 추가로 주장한 인

물이다. 1933년 그가 독일 수상 자리에 오르자, 음악가 리하르트 슈트라우스Richard Georg Strauss는 이렇게 외친다.

마침내 예술을 사랑하는 제국의 수상이 나타났다.

같은 해 지휘자 빌헬름 푸르트벵글러와 베를린국립 오페라단이 히틀러의 전당대회 행사장에 등장한다. 연주 곡은 리하르트 바그너Wilhelm Richard Wagner의 〈뉘른베르크 의 명가수Die Meistersinger von Nürnberg〉. 바그너는 히틀러에 게 예술정치를 위한 훌륭한 도구였다. 히틀러와 나치즘 Nazism을 잇는 중요한 단서, 즉 게르만 민족주의와 아리 안 우월주의와 반유대주의를 표현할 만한 적합한 인물이 바그너였다. 바그너의 유대인 비난은 나치즘에 심취했던 극우 인종주의자의 배설구로 악용된다.

하지만 뉘른베르크 오페라하우스의 관람석은 텅 비어 있었다. 공연 초대장을 보낸 1,000여 명의 주요 인사는 음 악이 아닌 권력에만 관심이 있었기 때문이다. 1934년부 터 히틀러는 나치 당원에게 반강제적으로 음악 공연에 참 석하라고 지시한다. 그것으로도 부족해 일반 시민도 공연 장에 오도록 유도한다. 나치즘의 수장은 공연장이 떠나갈 정도의 박수갈채와 환호성이 절실했다. 독재자의 비뚤어진 권력욕으로 독일 시민의 클래식에 대한 관심이 증폭되는 기현상이 발생한다.

히틀러의 바그너 사랑은 집착에 가까웠다. 바그너는 음악을 통한 이데아의 실현을 갈망했던 무정부주의자였다. 히틀러는 바그너 음악을 활용해서 아리안의 위대성을 알리는 데 주력한다. "독일에서는 예술과 삶이 아무 연관이 없다"라고 말한 쇼펜하우어Arthur Schopenhauer의 주장과는 정반대의 상황이 벌어진다. 대중 연설만으로는 나치즘을 전파하는 데 부족하다고 느낀 철권정치인의 악수였다.

권력지향적인 음악가는 독재자에게 철저히 이용되거나, 자진해서 독새의 품 안으로 들어간다. 히틀러가 등장하는 곳에는 베토벤, 바그너, 브루크너Josef Anton Bruckner의 음악이 빠지지 않았다. 지휘자 푸르트벵글러는 히틀러에게서 '독일 최고의 음악가'라는 칭송을 듣는다. 반대로 헤르베르트 폰 카라얀은 히틀러에게 인정받지 못한다. 카라얀은 자진해서 나치에 입당하여 음악과 권력의 조합을 꾀한다.

독일 출신 음악가라고 해서 모두 나치의 환영을 받은

것은 아니었다. 히틀러는 리하르트 슈트라우스를 체제의 적으로 몰아붙인다. 비밀경찰이 나치를 우회적으로 비판한 슈트라우스의 자필 편지를 발견했기 때문이다. 슈트라우스는 결국 히틀러를 독일의 위대한 설계자라고 찬양하는 글을 나치에 전달한다. 이로 인해 1936년 베를린올림픽 개막식 행사의 지휘자로 선정된다.

예술의 비현실성과 무구성을 정치에 악용했던 전쟁광은 고전음악사에 커다란 오점을 남긴다. 독일 항복 선언 이후 일부 클래식은 독재자용 선동 도구라는 비난에서 자유로울 수 없어졌다. 유대인 강제수용소에서는 수많은 음악가가 명을 달리했다. 유럽 곳곳의 연주회장이 독일군의 폭격으로 무너졌다. 히틀러가 사랑했던 바그너의 선율은 영화 〈지옥의 묵시록Apocalypse Now〉의 배경음악으로 재등장한다.

1945년 4월 30일이었다. '인류의 위대한 해방자'를 자처했던 히틀러는 56세의 나이에 역사 속으로 사라진다. 예술을 방패 삼아 침략전쟁을 정당화하려 했던 몽상가의 덧없는 퇴장이었다.

킹콩의 눈물

그는 해골섬이라 불리는 밀림에서 태어났다. 이름은 킹콩. 젊은 시절에는 싸움보다는 타협을 선호했다. 다른 육식동물처럼 주린 배를 채우면 그만이라고 자위하던 무탈한 세월이었다. 하지만 밀림이 돌아가는 모양새를 보아하니 이건 아니었다. 약육강식의 현실이 킹콩의 심장을 뒤흔들었다.

싸움을 시작했다. 매일같이 근육질의 괴수와 사투를 벌였다. 킹콩은 힘없는 동물의 수호천사로 거듭나면서 '틀린 존재'가 아닌 '다른 존재'로 사는 방식을 선택했다. 조금씩 킹콩의 존재감이 드러나기 시작했다. 마침내 킹콩은 티라노사우루스를 누르고 밀림의 왕으로 등극했다. 수많은 이들이 젊고 의욕 넘치는 왕의 출현을 반겼다.

킹콩은 외쳤다. 반칙과 특권이 용납되는 시대는 이제 끝나야 한다고. 정의가 패배하고 기회주의가 득세하는 굴절된 풍토는 청산해야 한다고. 그리고 정정당당하게 노력하는 사람이 성공하는 세상으로 나아가자고.

지지율 2퍼센트에서 시작한 경선에서 기적 같은 역전승을 거둔 킹콩. 그는 스스로 최고의 승부사라고 확신했다. 킹콩은 살점이 떨어지고 피가 튀는 백병전을 치른 노회한 장수처럼 취임 연설을 마쳤다.

1년 후, 킹콩을 왕으로 추대했던 매머드당에서 반기를 든다. 킹콩을 보좌하던 고릴라당이 매머드당을 변방으로 몰아내기 시작한 것이다. 386세대가 주축인 열린고릴라당은 왕의 정치철학을 구현하려고 동분서주한다. 킹콩은 민주화를 완성하기엔 여러모로 준비가 부족했다. 밀림의 소식통이던 까마귀는 킹콩의 발언을 자의적으로 편집하여 흑색선전의 도구로 악용한다. 까마귀의 공격이 거듭될수록 킹콩의 맷집은 약해졌다. 그제야 깨달았다. 왕의 자리가 얼마나 치열한 소통과 협치와 노력이 필요한 공간인지를. 정상에 오르는 순간부터 조금씩 내려가야 하는 외길 인생임을. 변덕스럽고도 잔인한 여론의 민얼굴을.

시간이 흘렀다. 킹콩의 지지율은 하염없이 떨어졌고,

측근의 권력형 비리가 수면 위로 떠올랐다. 사람 사는 세상을 만들자던 소박한 꿈은 레임덕에 걸려 힘을 쓰지 못하게 됐다. 아무리 돌파구를 고민해도 길이 보이지 않았다. 이제 밀림은 새로운 왕을 요구했다. 사시사철 먹잇감을 대주는 재주를 가진 왕을 원했다.

킹콩은 왕좌를 떠나 두 번째 세상을 만들기로 결심한다. 재임 기간 동안 권위주의 타파를 몸소 실천했지만 킹콩은 대중의 기억에서 조금씩 잊혀진다. 고향으로 돌아가 책을 쓰고, 마음이 통하는 이들과 아름다운 말년을 보내고 싶었다. 하지만 현실은 킹콩을 그냥 내버려 두지 않았다. 새 술은 새 부대에 담으려는 권력의 소용돌이 속에서 킹콩의 고뇌는 깊어만 갔다.

까마귀 떼의 감시로 집 마당마저 나가지도 못하는 상황이 이어졌다. 지인들이 차례로 심판대로 끌려 나갔다. 괴롭고 미안했다. 자신의 눈물만으로는 그들을 지켜줄 수가 없었다. 밤을 하얗게 지새웠다. 기형도의 시처럼 그는 늘 무너질 것들만 그리워했다. 돌은 소리 없이 흐르다 굳고, 어디선가 굶주린 구름이 몰려왔다. 구름은 길을 터주지 않으면 곧 사라진다. 눈을 감아도 보인다.

마지막 글을 남겼다.

누구도 원망하지 마라. 운명이다.

　자신의 생명을 내려놓고 희망을 붙잡고 싶었다. 누구
도 예상치 못한 사건이었다. 킹콩 주변에서 맴돌던 까마
귀 떼는 또 다른 왕에게로 몰려갔다. 여왕의 실정과 추락
을 훔쳐보면서 늘 경계인으로만 기생하는 비겁한 자신을
회피했다. 8년이 흐른 뒤에야 킹콩의 말이 틀리지 않았
음을 모두가 깨달았다. 역사란 전략과 정책이 아닌 인간
의 꿈과 의지에 의해서 이루어진다는 말을.

　비록 늦었지만 역사는 인간을 배신하지 않았다. 그
렇게 킹콩의 눈물은 민주주의 역사의 한 페이지를 장식
했다.

신해철의 미소

1988년 MBC 대학가요제 대상의 주인공은 그룹 무한궤도였다. 그 당시 심사위원은 가왕 조용필. 이 때문에 그룹의 실질적인 리더 신해철은 '조용필이 점지한 가수'라는 영예가 훈장처럼 따라다녔다. 음악업계는 무한궤도가 아닌 신해철과 솔로 음반 계약을 원했다. 이후 신해철은 철학과를 중퇴하고 본격적인 음악 활동을 시작한다.

미안하지만 나는 그의 음악을 좋아하지 않았다. 무한궤도의 음악은 금수저 대학밴드의 팝으로 치부했고, 솔로 시절의 음악은 감성팔이 가요로 취급했다. 평소 즐겨 듣던 재즈나 포크송이라면 모를까, 신해철의 소리는 관심의 대상이 아니었다. 그룹 넥스트를 결성한 이후에도 생각은 변하지 않았다. 적어도 가수란 김민기나 김두수처럼 예술가의 결기가 번뜩여야 한다고 믿었다.

돌이켜보면 신해철은 내가 함부로 재단할 만한 음악가가 아니었다. 그가 완성한 가사의 의미를 제대로 이해하지 못했고, 알려고 노력하지도 않았다. 우리는 한 살 터울이었지만 신해철은 나보다 높은 자리에서 세상을 응시하던 인사이더였다. 난 신해철과는 결이 다른 20대를 보냈고, 무방비 상태로 30대를 맞이했다. 부침이 심한 가요계에서 신해철은 여전히 고군분투 중이었다.

이번에는 가수가 아니라 논객 신해철이었다. 그는 MBC 〈100분 토론〉에 등장하여 소신발언을 투하하기 시작한다. 그는 알고 있었다. 〈100분 토론〉에 참여하는 행위가 연예인으로서 시장가치를 떨어뜨린다는 사실을. 가수 따위가 권위 있는 방송토론에 얼굴을 내미는 것을 금기시하던 이상한 시대였다는 사실도. 하지만 그는 매니저의 만류에도 불구하고 필마단기로 방송토론에 출연한다. 이길 수 없는 전쟁터로 나가는 장수의 심정으로 노회한 논객집단과 설전을 벌인다.

일부 시청자는 신해철의 복장을 문제 삼는다. 후드티셔츠와 가죽 장갑이 방송토론에 부적합하다는 주장이었다. 그는 자신의 홈페이지를 통해서 심정을 밝힌다. 블루진이 노동자계급을 상징하듯, 정장에 넥타이는 보수 기득권층인 화이트칼라의 예복을 상징하는 바. 이에 순응하지 않고 자신의 출신 성분과 정체성을 표시하는 캐주얼 혹은 로커다운 소품으로 토론프로그램에 출연하는 물의를 일으켜 송구스럽다고. 반론의 여지가 없는 음악인의 소신발언이었다.

신해철에 대한 편견을 바꾸게 된 계기는 한 권의 책이었다. 이름 하여 《신해철의 쾌변독설》. 책을 통해서 신해철은 거만하고 잘난 체하는 유명인이라는 낡은 생각을 삭제했다. 그제야 난 현실을 노래하는 강건한 음악가에게 화해와 사과의 마음을 건넸다. 한대수의 노래 〈바람과 나〉의 가사처럼, 무명무실했던 젊은 시절을 《신해철의 쾌변독설》과 함께 마감했다.

2014년 10월 27일. 신해철은 갑작스런 의료사고로 혼탁해진 지구를 떠난다. 그의 갑작스런 이별 통보가 믿기지 않았다. 아직도 세상을 위해 할 일이 태산처럼 남은 협객의 사망이었다. 노래 〈민물장어의 꿈〉처럼 마왕은 성난 파도 아래 깊은 곳으로 사라졌다. 억울한 죽음을 성토하는 문장이 끝도 없이 이어졌다. 나는 술자리에서 노래 〈나에게 쓰는 편지〉 후렴구를 반복해서 뇌까렸다.

그는 한국인에게 많은 숙제를 남겨두고 퇴장했다. 대중가수를 하대하는 1990년대 방송 풍토를 개선하기 위해 전투적 자유주의자의 삶을 자처했던 남자. 노래 〈수컷의 몰락〉을 통해서 절반의 허세와 절반의 콤플렉스로 영면하던 마초이즘machoism을 지적했던 남자. 정치적 발언의 후폭풍 속에서도 품격을 잃지 않던 남자. 누구보다도 치열하게 세상을 앞서갔던 남자. 노래 〈나에게 쓰는 편지〉와 함께 그의 찬란했던 시간을 되새겨 본다.

돈, 큰 집, 빠른 차, 명성, 사회적 지위,
그런 것들에 과연 우리의 행복이 있을까
나만 혼자 뒤떨어져 다른 곳으로 가는 걸까 …
우린 결국 같은 곳으로 가고 있는데

신해철의 결연했던 미소가 다시 그리운 계절이다.
안녕, 내 젊은 날의 비트겐슈타인Ludwig Josef Johann Wittgenstein. 그렇게 굿바이, 신해철.

오프라 윈프리의 꿈

미국 민주당의 차기 대선주자로 버니 샌더스Bernie Sanders, 조 바이든Joseph R. Biden과 함께 오프라 윈프리Oprah Winfrey 가 언급되던 시절이 있었다. 이전까지 윈프리는 여러 인터뷰에서 대선에 관심이 없다는 입장을 고수해왔다. 그러나 2018년 2월 28일 〈피플People〉지와 인터뷰에서 대선후보로 나갈 가능성을 암시했다.

신의 계시가 있다면 출마를 거부하지 않겠다.

윈프리의 젊은 시절은 유색인종, 사생아, 마약중독자, 성폭행 피해자라는 차별의 굴레 속에 갇혀 있었다. 하지만 열일곱 살에 미국 미스 화재예방 콘테스트에서 우승하면서 세상의 변화를 일으킬 수 있는 이야기를 전달하는 저널리스트를 꿈꾼다. 목표는 이루어졌다. 윈프리는 1986년부터 무려 25년간 토크쇼 〈오프라 윈프리 쇼The Oprah Winfrey Show〉를 진행한다. 무려 140여 개국에서 방영한 이 프로그램을 통해 윈프리는 토크쇼의 1인자로 입지를 굳힌다. 2018년에는 골든글로브 시상식에서 평생공로상에 해당하는 제75회 세실 B. 드밀상Cecil B. DeMille Award Golden Globe winners을 수상한다.

그녀의 생활신조는 크게 종교와 개인으로의 귀화이다. 어떤 일이 닥쳐도 현실에 적응하는 인간형의 완성. 여기에 종교의 힘을 보태 고난을 극복해낸다는 가치관을 고수한다. 윈프리는 노력만 하면 신분상승과 경제적 부가 따른다는 아메리칸드림의 상징이다. 그녀는 자신의 외모와 지력과 집념을 미국 사회의 중심부로 밀어 넣는 수단으로써 적극 활용한다.

성공신화의 공식에 단골로 등장하는 소재는 자수성가형 인물에 관한 줄거리이다. 남들보다 불리한 환경에서 시작한 그들의 악전고투는 자기계발의 소재로 차용된다. 이는 운동경기에도 여지없이 들어맞는다. 전력이 불리한 팀의 역전승은 관중에게 카타르시스를 제공한다. 프로야구 원년 시절, 꼴찌 삼미 슈퍼스타즈의 1승은 선두를 달리는 야구단의 승리보다 언론의 주목을 더 많이 받았다.

여기에 작은 함정이 도사리고 있다. 역경을 물리치고 경쟁사회에서 일등이라는 자리를 차지한다는 상황 논리는 생각보다 복잡하다. 실제 성공신화란 도착선을 가장 먼저 통과하는 건각의 자화상이다. 달리는 자의 세계에서 일등은 늘 한 명뿐이다. 불리한 상황에서 일등으로 치고 올라서는 순간, 그가 처한 사회구조적인 문제는 깨끗이 사라진다. 누구나 일등의 가능성이 있다는 연유로 모든 책임이 개인에게로 귀속되는 아찔한 순간이다.

- 앞으로 나아가기 위해 외적인 것에 의존하지 마라.
- 당신에 버금가는 혹은 당신보다 나은 사람들로 주위를 채워라.
- 당신의 권한을 남에게 넘겨주지 마라.
- 포기하지 마라.

오프라 윈프리 십계명 중의 일부이다. 그녀의 주류 이론이 맞는다면, 부나 권력은 다음 세대로 대물림되지 말아야 하며, 개인의 피나는 노력만으로 성공하는 사례가 빈번해야 한다. 애석하게도 빈부 격차가 극에 달하는 미국 사회에서 이런 성공 이데올로기란 신기류에 가깝다.

예상대로 트럼프Donald John Trump 대통령은 윈프리의 출마설에 불편한 심기를 드러냈다. 자신의 딸 이방카 Ivanka Marie Trump를 앞세워 미국을 부녀 대통령의 왕국으로 만들려는 계획에 비상등이 켜진 것이다. 백악관의 실세 이방카보다는 방송재벌 윈프리가 보여주는 자수성가의 이미지가 대중의 눈높이에는 더 설득력이 있어 보인다.

그렇다고 하여 윈프리의 정치철학이 미국제일주의를 제끼고 세계평화를 향해 질주할 것이라 기대한다면 이는 오산이다. 오프라 윈프라의 출발점에는 분명 미국 중산층 이하 계급을 대변할 만한 스토리텔링이 있다. 하지만 현재의 오프라 윈프리는 상위 1퍼센트 부자의 반열에 오른 유한계급에 속한다. 게다가 미국 정치권은 진보와 보수를 막론하고, 미국제일주의라는 굴레에서 벗어나는 일이 없다는 사실을 직시해야만 한다.

소설 《노인과 바다The Old Man and the Sea》는 다의적인 결말을 암시하는 작품이다. 산티아고 노인이 바다에서 상어 떼와 사투를 벌였던 상황은 무의미한 시간이었을까.

어니스트 헤밍웨이Ernest Miller Hemingway는 독자에게 공을 돌린다. 어쩌면 우리는 우상신화에 등장하는 자의 유명세보다 산티아고가 잡았던 청새치를 보면서 녹록지 않은 생을 이해하고 보듬어야 하지 않을까. 산티아고는 삶의 불확실성에 의미와 가치를 부여하는 것이 얼마나 소중한지를 깨달은 현자였다.

오프라 윈프리의 꿈은 산티아고의 일상보다 비좁은 공간에 위치한다. 이유는 위에서 언급한 미국제일주의와 정치라는 함수관계에서 자유롭지 못한 일상을 반복할 것이기 때문이다. 오프라 윈프리는 미국 시민이자 언론권력의 중심에 서 있는 인물이다. 그녀의 지향점은 트럼프와는 다르지만, 승리방정식에 충실한 유명인으로 남을 것이다.

금서의 재발견

금지란 치명적인 유혹의 언어이다. 인간은 금지 대상에 대한 욕망을 포기하지 않는 동물이다. 인간은 본능적으로 금단의 열매를 갈구한다. 책 세상에도 이 법칙은 변함없이 적용된다. 문학계에는 금서라 불리는 가치재가 존재한다. 금서란 죽기 전에 반드시 읽어야 한다는 지적강박과 존재 가치를 풍기는 불멸의 언어집합소이다.

수많은 작가가 금서라는 족쇄의 희생양이 되었다. 금서의 기준은 실로 다양하다. 그중에서 흔한 사례가 바로 외설 논쟁이다. 국내에서 외설문학가라는 오명에 시달렸던 문인이 떠오른다. 바로 마광수라는 인물이다. 하필이면 마광수는 교수로서 가장 두각을 나타낼 시기에 외설문학 논쟁에 휩싸인다. 그 당시 수구적인 학계, 문학계,

검찰은 대한민국판 분서갱유의 주역으로 활약한다. 누구도 문학적 표현의 자유에 대한 중요성을 토로하지 않았다.

마광수가 누구인가. 20대 후반의 나이에 30 대 1의 경쟁을 물리치고 홍익대학교 전임교수로 발탁. 1983년 논문 〈윤동주 연구〉로 대한민국 최고의 윤동주 연구자로 인정받음과 동시에 박사 학위 취득. 1989년 성 담론을 위주로 한 문화비평서 《나는 야한 여자가 좋다》를 출간하여 베스트셀러를 기록. 1992년 소설 《즐거운 사라》가 외설이라는 이유로 강의 중 전격 구속. 이듬해 연세대학교에서 직위 해제. 1994년 《즐거운 사라》 일본어판 출간.

시대를 살짝 앞서간 작가의 운명은 실로 험난했다. 마광수는 염재만의 소설 《반노》 이후 성 담론의 지평을 확장했다는 찬사를 받기는커녕 마녀사냥의 제물로 전락한다. 이러한 '마광수 때리기'는 창작의 다양성을 추구하는 작가의 숨통을 틀어막는 악재로 작용한다. 1996년에 터진 장정일의 소설 《내게 거짓말을 해봐》의 외설 시비에 이르기까지, 순수문학과 외설문학의 경계는 미궁 속으로 빠져든다. 그렇게 대한민국 작가에게 성문학이란 금기의 언어로 남는다.

대한민국 헌법 제22조 제1항을 보자.

모든 국민은 학문과 예술의 자유를 가진다.

이러한 예술가의 표현의 권리는 법률로 보호함이 당연하다. 《한국민족문화대백과》에는 '예술의 자유란 미의 추구로서 예술 창작 및 표현의 자유와 예술적 결사의 자유를 근거로 한다'고 나온다. 예술 창작의 자유는 절대적 자유이며, 작품의 전시는 영화나 연극을 제외하고는 사전 검열로부터 상대적으로 자유로운 편이다. 이 문구는 마광수나 장정일의 작품이 탄압의 대상이 아님을 설명하는 부분이다. 하지만 이들은 문학 검열이라는 비극의 주인공이 되었다. 21세기 이후 한국문학계에는 주목할 만한 성문학이 나올 기미를 보이지 않는다. 문학 작품에도 보이지 않는 블랙리스트가 존재한다. 한국문학의 시계는 1990년대에서 조금도 앞으로 나갈 기미를 보이지 않고 있다.

1995년 연세대학교 국어국문학과 학생회는 《마광수는 옳다》라는 책을 출간한다. 이에 부응하는 의미로 마광수는 모교에서 무학점 강의를 시도한다. 연세대학교 학생회는 학교 정문에 '마광수 교수는 인도와도 바꿀 수 없습니다'라는 문구를 내건다. 권위주의에 찌든 현실을 학생 스스로 타파하려는 시도였다.

결국 마광수는 옳았다. 연세대학교는 1998년 마광수의 복직을 허가한다. 상처뿐인 영광을 껴안고 마광수는 학자와 작가의 생에 재도전한다.

작가 필립 로스Philip Roth는 인터뷰에서 이렇게 말한다.

소설을 쓴다는 것은 권력에 이르는 길이 아니다. 반대로 소설을 읽는 것은 깊고 독특한 기쁨이며, 섹스와 마찬가지로 도덕적·정치적 정당화를 요구하지 않는 흥미롭고 신비로운 인간 활동이다.

작가의 말처럼 문학이 하루아침에 세상을 바꿀 수는 없다. 하지만 문학은 현실이 보여주지 못하는 신세계를 만나게 해주는 고마운 전령이다. 문학이 존재하지 않는 세상을 생각해보라. 아마도 그곳은 폭력과 협잡만이 난무하는 개미지옥과 흡사할 것이다.

지금도 금기에 도전하는 문학 작품을 쓰는 예비 작가가 존재한다. 그들은 혼탁한 현실을 전복하려는 단어의 조합을 끊임없이 시도한다. 지각 있는 선배 작가들이 그랬듯이 글로 싸우는 자신만의 방법을 터득해야만 한다. 권력을 두려워하거나 의식하는 순간부터 창작은 내리막길을 걷는다. 바른 작가는 언제나 금서에 도전한다. 동시에 금서가 사라지는 내일을 갈망한다. 금서의 재발견을 통해서 쓰는 자의 창작 욕구를 지켜주는 문학 풍토가 제자리를 찾아야 할 것이다.

문화중독자
봉호 씨

위인의 조건

시오노 나나미[鹽野七生]는 책 《로마인 이야기[ローマ人の物語]》를 통해서 전쟁광의 활약상을 집요하게 나열한다. 대표적인 예가 율리우스 카이사르[Julius Caesar]이다. 로마라는 국가의 관점에서 카이사르는 위인으로 추앙받을 만한 여지가 없지 않다. 하지만 로마 군단에게 패배한 피지배 민족에게 카이사르란 위인이 아닌 광폭한 침략자이자 지배자일 뿐이다. 지배의 역사에는 늘 피지배자가 흘린 피와 눈물이 숨어 있다. 이를 확인하고 파헤치는 자가 진정한 작가이다.

미국에게 판정패를 안겨준 베트남의 호찌민[Ho Chi Minh] 또한 해석이 분분한 인물이다. 프랑스와 미국이라는 패권주의의 아래 자주국가의 기틀을 만든 자가 바로 호찌민이었다. 하지만 레드콤플렉스에 시달리는 외국 수구 세력에게 호찌민이란 적잖이 부담되는 존재이다. 반대로 베트남 국민에게 호찌민이란 1만 명이 넘는 양민학살의 주범이자, 외세의 침략으로부터 조국을 사수한 중의적인 인물이다.

여기서 위인의 판단 기준이 흔들리기 시작한다. 역사 학습의 중심에는 늘 위인이라는 이데올로기적 상징이 있었다. 문제는 역사적 인물에 관한 척도가 일관성을 가지지 않는다는 데 있다. 학생들은 실존 인물이 아닌 배트맨이나 슈퍼맨을 위인으로 삼기도 한다. 팝스타 마이클 잭슨Michael Joseph Jackson이나 농구 선수 르브런 제임스LeBron James를 언급하기도 한다. 이처럼 위인 중심의 사고방식은 적지 않은 인식의 한계를 내포한다.

이 두 명의 인물 말고도 위인을 언급할 때 물음표가 떠오르는 사례가 허다하다. 21세기 문화상품으로 전락한 체 게바라Ché Guevara는 어떨까. 그가 보여준 쿠바혁명의 눈부신 활약상과 국경을 초월하는 신념은 사르트르Jean Paul Sartre를 통해서 '20세기의 가장 완전한 인간'으로 각광받는다. 미국에 대항하기 위해 소련의 눈치를 보던 카스트로Fidel Ruz Castro 역시 체 게바라에게는 비판의 대상이었다. 그는 부패와 관료주의를 초월한 새로운 인간의 창조를 위해 자신의 목숨을 내놓는다.

반면 체 게바라가 동성애자를 탄압하고, 쿠바혁명 성공 이후 수천 명에 달하는 반대 세력을 처형한 사실에 주목하는 이는 많지 않다. 이러한 기록지가 그를 위인의 자리에서 끌어내릴 만한 단초라고 판단하기란 쉽지 않다. 요점은 세상의 모든 위인에게 빛과 그늘이 공존한다는 것이다. 어떤 위인은 인종주의자였고, 다른 위인은 성차별의 굴레에서 자유롭지 못했다.

위인이란 국가, 사회, 인종, 문화, 권력 등 다양한 변수에 좌우되는 존재이다. 그렇다면 역사적인 인물의 양지뿐 아니라 음지에 관해서도 고르게 학습해야 하지 않나는 질문에 봉착한다. 위인의 존재감만을 강조하면서 그들이 남긴 해악에 대해서는 함구하려는 폐해를 해결할 수 있는 방법은 무엇일까.

답은 위인이라는 관념의 틀에서 벗어나는 것이다. 세상에는 체 게바라처럼 사후에도 유명세를 떨치는 인물이 있는가 하면, 세월호사태를 지원하다 유명을 달리한 이광옥, 이민섭 잠수사처럼 작지만 커다란 파장을 남긴 인물이 있다. 따라서 인물 중심의 인식이 아닌 행동 자체에

초점을 맞춰야만 위인이라는 환상으로부터 탈출이 가능하다.

에릭 홉스봄 Eric John Ernest Hobsbawm 은 "역사가란 동시대 사람들이 잊고 싶어 하는 것을 기억하는 사람"이라고 말한다. 그가 언급한 역사가란, 위인이라는 허상 속에 숨겨진 치부를 밝혀내는 현자를 의미한다. 절대권력자가 원하는 기록만을 반복적으로 양산하는 부패한 역사가도 존재한다. 조작된 위인이란 하루아침에 만들어지지 않는다. 악의적인 여론 통제와 우민화정책을 통해서 반인반신의 위인이 탄생한다.

인간은 모두 위인의 속성을 가지고 있다. 동시에 인간은 모두 위인답지 않은 행위를 범하는 양가적 속성을 가지고 있다. 머리털부터 발끝까지 위인다운 인물이란 없다. 단지 위인다운 행위만이 존재할 뿐이다. 권력은 위인의 속성을 변화시킨다. 위인의 주변을 둘러싼 크고 작은 권력 암투가 따르기 때문이다. 결국 위인이란 권력과 거리 두기에 획을 그은 인물에게 선사하는 일종의 표현 어법이다. 진정한 위인의 조건은 권력의 파장이 아닌 행동하는 양심에 달려 있다.

자유인 이소룡의 생각

매서운 눈매의 남자가 홍콩의 섬으로 향한다. 그는 마약을 제조하고 살인과 인신매매를 일삼는 인물을 체포하는 임무를 가지고 있다. 미국 정보부의 요청으로 문제의 마약소굴에 잠입하는 사나이. 이곳은 한스잔, 石戰이라 불리는 마약왕이 3년 간격으로 수최하는 무술대회가 열릴 예정이다. 주인공은 대회에 참여한다는 명분으로 본거지에 잠입하여 한의 일당과 사투를 벌인다.

소개하는 내용은 1973년 12월 말 한국에서 개봉했던 영화 〈용쟁호투龍爭虎鬥, Enter The Dragon〉의 줄거리이다. 주연배우는 신장 173센티미터, 체중 62킬로그램의 배우 이소룡李小龍, Bruce Lee. 그는 이 작품에서 세계 최고의 무술배우로 명성을 굳힌다. 이소룡은 〈용쟁호투〉에서 연기뿐 아니라 무술 지도와 각본, 제작에 직접 참여한다. 이전까지의 홍콩 무술영화는 배우에게 연기 외에는 특별한 역할을 부여하지 않았다.

미국과 홍콩의 합작영화 〈용쟁호투〉는 촬영 과정 내내 불협화음의 연속이었다. 책《이소룡, 세계와 겨룬 영혼의 승부사 Bruce Lee: Fighting Spirit》에 따르면 매춘부와 부랑자를 영화에 참여시켜 산만한 분위기가 이어졌고, 격투 신에 필요한 에어백이나 매트리스가 없어 스턴트맨이 부상에 시달렸다. 무술배우로 합류한 홍콩 폭력조직 삼합회 조직원 간의 패싸움이 벌어지는 등 사건 사고가 끊이지 않았다.

열악한 환경에서 영화를 완성하는 데에는 이소룡의 존재감이 절대적이었다. 이소룡과 갈등을 빚었던 감독 로버트 클라우스 Robert Clouse는 그를 "반사 신경이 가장 빠른 배우"라고 인정한다. 고질적인 허리 통증, 덥고 습한 날씨, 체력 고갈 속에서도 이소룡은 주연배우에게만 제공하는 특식을 거부하고, 촬영 보조 기사들과 함께 식사하며 우호적인 관계를 다졌다.

우여곡절 끝에 〈용쟁호투〉는 미국시장에 진출한다. 이소룡은 단순한 액션배우가 아니라 영화 전반에 영향력을 끼치는 인물이었다. 이소룡의 명성은 〈당산대형唐山大兄〉〈정무문精武門〉〈맹룡과강猛龍過江〉에 이어 〈용쟁호투〉에서 정점을 찍는다. 워너브라더스Warner Bros.는 이소룡에게 영화 다섯 편을 추가로 제작하자고 제안한다. 굴지의 영화사들이 왜소한 체형의 동양계 액션배우에게 경쟁적으로 손을 내민다.

나는 주위를 둘러보면서 항상 뭔가를 배웁니다. 그것은 항상 자신이 되는 것, 자신을 표현하는 것 그리고 자신감을 가지는 것입니다. 밖에 나가서 성공한 사람을 찾으려 하지 마세요. 그를 따라 하려 하지도 마세요.

이 같은 생각은 이소룡을 영화계의 전설로 만든 동력이다. 미국 전역에 쿵후도장 체인을 열 계획을 세웠던 무술가. 자신감, 마음의 평온, 성공, 이 모든 것을 취하고 싶었던 배우.

그는 유명세라는 자유인이 극복해야만 하는 거대한 장벽과 마주친다. 사업 제안이나 돈을 빌리려는 지인들, 사인 공세에 시달리는 일상, 정서 불안과 분노조절장애가 그에게 형벌처럼 들이닥친다. 그제야 이소룡은 어머니의 말을 떠올린다. "유명인의 삶은 생각만큼 편하지 않으며 일반인의 삶과 많이 다르다"는 조언이었다. 불면증, 두통, 건망증에 시달리던 이소룡은 자신에게 죽음이 다가왔다고 지인에게 털어놓는다.

1973년 7월 20일. 그는 불과 서른셋의 나이로 세상을 떠난다. 스타의 장례식에는 음악가 프랭크 시나트라, 톰 존스Tom Jones, 세르지우 멘디스Sergio Mendes의 노래가 흘러나온다.

자신의 가능성이 무한하다고 믿었던 자유인. 지옥 같은 상황에서도 기회를 만들겠다던 승부사. 지식과 의지보다는 실천의 중요성을 역설했던 무도인. 부정적인 사고는 자신감을 죽이는 마약이라고 일갈했던 예술가. 행복을 추구하되 절대 만족하지 말라던 철학자. 이 모든 생각을 영화에서 가감 없이 보여준 브루스 리. 그는 아시아 출신의 영화인이 푸대접받던 시절에 미국으로 진출한 불세출의 인물이었다. 스크린에서 보여준 그의 호쾌한 액션은 한국인을 포함한 유색인종의 작은 희망이었다.

그의 기합 소리를 기억하는 이들은 알고 있다. 세상에는 유럽과 미국을 뛰어넘어 다른 지역으로 선순환하는 역사의 흐름이 존재한다는 사실을. 자유인 이소룡의 생각은 스스로가 세상의 중심이 되는 것이었다. 자신을 속박하는 사회의 시선을 뛰어넘기 위해 허공으로 뛰어올랐던 남자. 이소룡의 자유는 지상에서 영원으로 끊임없이 확장하는 용기와 실천에 있었다.

반상의 승부사
서봉수

문재인 대통령의 오랜 취미는 바둑이다. 기력은 아마 4단 수준으로 알려져 있다. 대통령은 야당 정치인 시절 "서봉수 9단과 조훈현 9단의 대국을 자주 복기했다"고 인터뷰에서 말한다. 2017년 11월 아세안정상회의에서 대통령은 중국 리커창李克强 총리와 비공개로 바둑과 관련한 환담을 나눈다.

    바둑에 '위기십결圍棋十訣'이라는 용어가 있다. '실전에 도움이 될 열 가지 비결'이라는 의미의 사자성어인데, 바둑의 형세에 따라 반대로 해석하기도 한다. 위기십결처럼 모든 바둑 기사는 자신만의 위기 타개법을 활용한다. 프로 기사 서봉수는 입단 시절부터 극단적인 실리 바둑을 구사했던 인물이다. 그는 학생 시절 동네 기원에서 어깨너머로 바둑을 배운다. 서봉수는 독학과 내기 바둑으로 미래의 프로 기사를 꿈꾼다.

한국은 일본이나 중국과는 다른 바둑을 지향했다. 모양을 중시하는 일본 바둑과 초반 포석이 엉성한 중국 바둑이 1980년대 세계 바둑계의 현실이었다. 한국은 모양에 연연하지 않는 실전형 바둑에 전념했다. 그 중심에 서봉수라는 절세의 승부사가 버티고 있었다. 일본 유학파인 조훈현이 천재기사로 이름을 날릴 때, 서봉수는 국산 바둑의 자존심으로 통했다. 서봉수는 이렇게 말한다. "한국 바둑은 조남철, 김인, 조훈현, 이창호로 이어져왔다"라고. 이창호를 제외한 세 명은 1970년대 이전까지 최강으로 군림했던 일본에서 바둑 유학을 했던 인물이다. 한국 바둑이 일본 바둑의 영향권에서 자유로울 수 없었던 시절이었다. 1972년 서봉수는 약관의 나이로 1인자 조남철 8단에게서 명인전을 가져온다. 2세대 대표 기사 김인 역시 서봉수에게 자리를 내줘야 했다.

화무십일홍이라 했던가. 서봉수의 전성기를 가로막은 인물이 등장한다. 바로 조훈현이다. 자살로 생을 마감한 세고에 蘭越憲作와 술꾼 후지사와 藤澤秀行가 자식처럼 아끼던 제자인 그는 서봉수와 함께 1980년대 한국 바둑계를

'조서 시대'로 양분한다. 승률은 조훈현이 두 판을 이기면 서봉수가 한 판을 이기는 판국이었다. 서봉수는 조훈현과 수백 판의 바둑을 두면서 승부 근성을 키운다.

1990년대는 전영선과 조훈현의 제자인 이창호의 시대였다. 그 와중에도 서봉수는 세계바둑대회에서 녹슬지 않은 기량을 발휘한다. 1993년, 바둑 상금 규모로는 최대였던 잉씨배 세계바둑선수권대회應氏杯世界職業圍棋錦標賽에서 '반상의 미학자'라 불리던 오타케大竹英雄 9단을 누르고 당당히 우승을 차지한다. 경기에 대한 부담으로 불면과 구토를 반복하면서 이뤄낸 국산 바둑의 소중한 결실이었다. 서 9단은 1996년 12월부터 1997년 2월까지 열린 진로배 SBS 세계바둑최강전에서 중국과 일본 대표 선수 아홉 명을 연속으로 무너뜨리고 한국 우승을 갈무리한다. 2016년 지지옥션배에서도 9연승이라는 노장투혼을 선보인다. 실리와 전투를 혼합한 바둑을 구사하는 서봉수는 스스로를 '기초가 없는 바둑 기사'라고 소회한다. 권투로 치면 맷집 좋은 변칙 복서의 분위기가 풍기는 기사이다.

바둑은 강인한 체력과 고도의 집중력을 요한다. 따라서 바둑 기사의 전성기는 10대 후반부터 길어야 30대 후반까지가 고작이다. 젊은 기사의 치밀한 수읽기를 상대하기가 역부족이기 때문이다. 50년 세월을 버틴 서봉수류 바둑은 변신하고 있다. 그는 이제 승부보다는 바둑 자체를 즐기는 일상을 추구한다. 반상의 승부사는 "죽는 날까지 바둑을 두는 게 유일한 소원"이라고 말한다.

어지러운 세월 속에서도 한국 바둑은 싱그러운 낭만이 있었다. 연신 장미담배를 피워대던 조훈현 9단. 속기 바둑의 대명사 서능욱 9단. 드라마 〈응답하라 1988〉의 모델이던 이창호 9단. 그들은 한국 바둑의 고마운 증인이다. 어지러운 현대사 속에서도 바둑은 일본과 중국을 압도한다는 자부심을 국민에게 선사했다. 이제는 된장 바둑의 길을 열었던 서봉수와 이창호의 뒤를 박정환 9단과 신진서 9단이 이어가고 있다.

한반도 패권을 둘러싼 미국과 북한의 줄다리기가 여전하다. 서봉수의 투박하지만 치열한 바둑과 흡사한 형국이다. 대한민국의 미래가 서 명인의 잡초 바둑처럼 강하고 질긴 생명력을 이어가기를 염원한다.

에두아르도 갈레아노

독서란 관념을 흔드는 울림이다. 그 울림의 크기에 따라 인간은 변하기도, 과거의 모습만을 고집하기도 한다. 때로는 독서가 새로운 고정관념을 만들어낸다. 바로 '장르'에 대한 인식이다. 예를 들어 '문학은, 역사는, 철학은, 반드시 이런 형식의 글이어야 한다'는 개념을 책을 통해서 일반화한다. 독서의 과정에서 두 번째 고정관념을 재생산하는 비대칭적인 순간이다.

우루과이 출신의 작가 에두아르도 갈레아노Eduardo Galeano. 그는 자신의 글쓰기에 대해 다음과 같은 일침을 놓는다.

나는 분류되는 것이 싫다. … 사람들은 내게 정치적 작가냐고 묻고는 하는데, 인류사를 통틀어 정치적이지 않았던 작가가 있는가? … 내게 사명이 있다면 눈에 보이지 않거나 드러나지 않는 무엇을 쓰는 것이다.

그의 생은 남미 국가의 굴곡진 현대사와 궤적을 같이한다. 인터뷰에서 "나는 학교에서 배운 것이 없었다"고 소회하던 갈레아노. 그는 10대 시절 공장 노동자, 외상 수금원, 간판 미술가, 출납계원이라는 다양한 직업을 전전한다. 고작 열넷의 나이로 몬테비데오에서 발간하는 주간지에 시사만화와 논평을 실으며 등단한다. 스물한 살에는 마리오 바르가스요사Mario Vargas Llosa 가 참여했던 주간지의 편집장을 지낸다.

2006년이 있다. 나는 그해 《불의 기억Memoria del fuego》 3부작과 처음 만난다. 독특한 문체를 가진 지식인의 흔적이 드러난 책이었다.《불의 기억》은 15세기 후반을 기점으로 라틴아메리카의 흑역사를 다룬다. 인물, 신화, 지명, 사건, 이데올로기 등을 소재로 한 전방위적인 집필이 《불의 기억》을 매개로 펼쳐진다. 〈엘에이타임스The L.A. Times〉는 '갈레아노는 지성과 유머와 희망으로 분노의 역사를 이야기한다'라고 평한다.

기관총탄이 그의 두 다리를 주저앉힌다. … 그는 피를 흘리며 침묵한다. 이 나라 해군의 우두머리이자 간악한 물의 늑대인 해군중장 우가르테체가 그를 모욕하고 위협한다. 그는 해군중장의 얼굴에 침을 뱉는다.

갈레아노는 1967년 볼리비아의 유로 계곡에서 벌어진 사건을 위와 같이 서술한다. 여기서 '그'는 사르트르가 극찬했던 체 게바라이다. 40번째 생일을 앞두고 총탄에 쓰러진 역사의 인물 체 게바라.

체 게바라는 세탁대 위에 누워 있다. 기자들이 플래시를 터뜨리며 그의 마지막 사진을 촬영한다. 형형한 눈빛과 우울한 미소가 담긴 그의 마지막 얼굴을 찍는다.

1973년은 갈레아노에게 악몽과 같은 해였다. 무려 12년간에 걸쳐 자신의 조국 우루과이를 추락시킨 군사 쿠데타가 일어났기 때문이다. 그는 군부 세력에 의해 투옥되었다가 아르헨티나로 추방당한다. 글을 향한 작가의 신념은 여전했다. 외지에서 문화평론지 〈크라이시스 Crises〉를 창간한 갈레아노. 1976년 아르헨티나에서도 유혈 쿠데타가 발발한다. 갈레아노는 사형수 명단에 오른다. 그는 다시 스페인으로 망명을 떠난다.

《불의 기억》은 스페인에서 완성한 갈레아노의 역작이다. 그는 1984년을 끝으로 집필을 마친다. 작가는 아르날도Arnaldo Ortila Reynal에게 쓴 편지에서 이렇게 말한다.

원고가 늦었다면 용서하십시오. 이 책을 쓰는 것이 내 손의 더없는 기쁨이었습니다. 지금 나는 바람의 세기에 더러움과 경이의 땅 아메리카에서 태어났다는 것에 그 어느 때보다도 커다란 긍지를 느끼고 있습니다.

그는 1985년에야 고국으로 돌아온다. 정의라는 명제는 권력의 부침 속에서 그 형체를 달리하게 마련이다. 모든 역사는 굴곡을 반복한다. 역사의 소용돌이 속에서도 펜을 놓지 않았던 에두아르도 갈레아노. 오늘 다시, 그의 책을 펼쳐 본다.

류샤오보가 원했던
중국

1989년 6월 4일 새벽이었다. 톈안먼광장은 학생을 중심으로 한 민주화시위가 한창이었다. 군부는 총기와 전차를 앞세우고 시위 군중을 향해 접근한다. 고르바초프 Mikhail Sergeevich Gorbachyov 의 방문과 맞물려 중국 한복판에서 유혈 참극이 벌어진다. 중국 정부의 만행을 고발하는 세계 언론의 포화가 쏟아진다. 그 당시 동유럽발 개혁개방정책에 영향을 받은 중국은 정치적·경제적 내홍을 겪고 있었다.

그런 가운데 지옥도가 펼쳐지는 고국으로 복귀하는 인물이 있었다. 미국 컬럼비아대학교에서 중국 문화 강연을 하던 류샤오보劉曉波였다. 1955년생인 그는 노르웨이, 하와이, 뉴욕 등에 이르는 순방 길에 있었다. 처음으로 접한 국외 문명의 파고에서 류샤오보는 전통적인 중국의 비판 이론이 진부한 이데올로기라는 사실을 깨닫는다. 그는 아내에게 보낸 편지에서 자신의 지식 체계가 보잘것없음을 토로한다.

중국 근대사에 관한 신선하고도 도발적인 해석으로 신지식인의 대열에 합류한 젊은 비평가 류샤오보는 톈안먼사태를 통해 행동하는 지식인으로 거듭난다. 시위대 대표로 협상무대에 오르며 인권의 상징으로 부상한다. 그는 1988년 6월에 실시한 박사논문발표회를 기점으로 두 가지 이미지를 장착한다. '정치적 요주의 인물'이라는 족쇄와 '중국의 미래를 책임질 지성'이라는 표식이었다. 그는 "중국은 300년 동안 식민지가 되어야 비로소 변화를 받아들일 수 있다"는 폭탄발언을 쏟아낸다.

중국 공안은 본격적으로 류샤오보 주의령을 내린다. 감시 대상에서 제거 대상으로 바뀐 지식청년의 일상은 순탄치 않았다. 치기 어린 학자에서 냉철한 운동가의 역할을 받아들인 30대의 류샤오보와 그를 추종하는 대학 운동권은 연좌, 단식, 구호만으로 권력의 벽을 무너뜨릴 수 없었다.

톈안먼사태가 발발하자 류샤오보는 지지 세력에게 의

미심장한 예언을 한다.

72시간이 지나면 국제관례에 의거하여 정부에서 새로운 협
상안을 내놓을 것입니다.

실제 상황은 그의 희망과는 반대 방향으로 흘러간다.
1989년 6월 6일 저녁이었다. 귀갓길에 오른 류샤오보는
공안에 연행된다. 국내외 여론이 부담스러웠던 중국 정
부는 6월 24일에야 그를 체포했다고 발표한다.

경제개방과 독재정치를 동시에 이뤄야 하는 독재자는
류샤오보라는 작은 거인 앞에서 장고를 거듭한다. 대부
분의 부패정권은 폭정의 유혹으로부터 자유롭지 못하다.
'반혁명 선동죄'라는 족쇄와 함께 대학 강단에서 물러난
류샤오보의 행보는 억압과 고통의 연속이었다. 반복되는
감금과 억류 끝에, 2009년 국가전복선동죄라는 명목으
로 징역 11년 형을 선고받는다.

이듬해 류샤오보는 노벨평화상Nobels fredspris 수상자로
선정된다. 전 세계에 중국 정부를 향한 성찰의 목소리가
울려 퍼진다. 여전히 중국은 반성하지 않았다. 시상식 참
석을 막기 위해 류샤오보의 가족을 가택 연금한다. 손바

닥으로 하늘을 가려보려는 단속국가의 자화상이었다. 부패한 정부, 시민 탄압, 소득 격차 심화라는 삼중고에 빠진 마오쩌둥毛澤東의 나라는 패착을 거듭한다.

류샤오보는 2017년 61세의 일기로 세상을 떠난다. 2020년 출옥을 앞둔 지식청년의 때 이른 죽음이었다. 만약 그가 넬슨 만델라Nelson Rolihlahla Mandela처럼 복역을 마치고 세상에 나왔다면 중국 민주화의 시간을 앞당겼을지도 모른다. 나무위키에 따르면 중국의 언론자유지수는 176위에 머무른다. 판다의 나라는 러시아와 함께 장기집권의 길을 걷고 있다. 2019년 6월, 중국의 탄압에 항거하는 홍콩에서는 〈님을 위한 행진곡〉이 울려 퍼진다.

작가 쉬즈위안許知遠은 책 《독재의 유혹極權的誘惑》에서 버나드 쇼의 말을 빌려 류샤오보를 묘사한다.

정상인은 세계에 적응하며 살지만 광인은 항상 세계를 자신에게 적응시킨다. 역사의 개혁을 추진하는 사람은 모두가 광인이다.

관조하는 자의 글쓰기

선인세가 무려 20억이다. 《기사단장 죽이기騎士團長殺し》라는 그의 소설 말이다. 게다가 매년 노벨문학상Nobelpriset i litteratur 후보로 등장한다. 자기관리 또한 대단하다. 그는 줄담배와 불규칙한 글쓰기의 일상을 극복하려고 마라톤을 시작한다. 고질적인 일본의 문단정치와도 담을 쌓은 인물이다. 무라카미 하루키村上春樹라는 남자. 자판을 두들기는 어깨와 손목에서 힘이 빠진다. 어쩌다 보니 그는 젊은 작가의 로망이 되어버렸다.

소설을 써보겠다고 의기양양해하던 내 30대가 떠오른다. 처음으로 에세이인지 소설인지도 모르는 글을 써보았다. 제법 잘 쓴 것 같기도 하고, 아닌 것 같기도 했다. 10년 가까이 소설 창작에 몰두하던 지인에게 습작 소설을 보내봤다. 처녀작에 대한 평가가 궁금해서였다. 지인의 평가는 단순명료했다. 내 글은 하루키식 신변잡기를 흉내 낸, 자기과시로 점철된 졸작이라는 혹평이었다. 생각해보니 난 하루키의 글과 일상 모두를 추종하던 소설가 지망생이었다. 참기름처럼 매끄럽게 이어지는 문장과, 음악에 대한 무한한 애정과, 문장에서 풍기는 무국적 성까지.

하루키는 지루한 현실과는 한참이나 동떨어진 높이에서 현실을 관망하는 작가였다. 선택의 순간은 예상보다 빨리 다가왔다. 글을 쓰든가 아니면 하루키를 버리든가. 고민 끝에 양자택일 자체를 거부하기로 했다. 당분간 하루키의 글을 멀리하되, 머리가 희끗해질 무렵에 다시 읽겠다고 생각을 갈무리했다.

하루키는 쉽사리 내팽개칠 만한 작가가 아니었다. 30대 후반의 나는 문학을 하고 싶었다. 3년간 20여 편에 이르는 소설 창작에 전념하는 동안 집요할 정도로 하루키식 글쓰기를 피했다. 그를 멀리하는 길이 소설 창작의 해결책이자 비결이었다.

36개월 만에 소설 창작을 접었다. 하루키 문학을 읽을 수는 있지만, 하루키처럼 전업소설가가 되기란 하늘의 별을 모조리 뜯어내는 일보다 어려웠다. 하루키의 흔적이 드러나지 않는 글을 완성했다고 인정받았지만, 종착역이 보이지 않았다. 대안으로 문화 공부를 시작하면서 소설이 아닌 형태의 글쓰기에 도전했다. 젊은 시절의 문학편식이 조금씩 사라졌다. 문학을 잠시 내려놓고 사회과학서로 눈길을 돌렸다. 그제야 하루키의 글이 달리 보이기 시작했다.

하루키는 역사와 현실을 최대한 배재한 글을 원했던 것이다. 사소설이라 불리는 상상의 세계에서 미로 찾기를 거듭하는 소설 속의 인물이 바로 하루키였다. 그의 소설에는 상처와 절망을 마주 보지 않으면서 끊임없이 삶의 주변부를 맴도는 인물이 등장한다. 하루키 문학의 본령은 아무리 집착하고 노력해도 알 수 없는 삶이 존재한다는 일종의 설정이다.

하루키는 1979년 소설《바람의 노래를 들어라 風の歌を聴け》로 군조신인상 群像新人賞 을 받는다. 신인작가는 자신의 출세작을 이렇게 설명한다.

이 소설을 쓰기 시작한 계기는 실로 간단하다. 갑자기 무언가 쓰고 싶어졌다. 그뿐이다. 정말 불현듯 쓰고 싶어졌다.

아무런 사전 학습이나 절차탁마의 과정 없이 말 그대로 '불현듯' 쓴 소설이 문학상을 받고, 문학계의 주목을 받는다. 그는 전업작가라는 길로 들어선다.

《바람의 노래를 들어라》는 하루키의 젊은 날에 대한 생생한 고백이다. 이는 소설일 수도 있고, 자서전일 수도 있고, 에세이일 수도 있다. 소설에서 나타난 그의 20대 마지막 해는 무관심을 가장한 침묵의 시간이었다. 입을 꼭 다물고 아무 말도 하지 않는 것. 그의 소설도 다르지 않다. 하루키는 현실과는 멀리 떨어진 장소에서 독백을 날린다. 일상이란 희뿌연 색깔로 뒤덮인 환영의 연속이라고 말이다.

하루키는 대학교를 졸업한 이후 줄곧 일에 쫓기는 나날이어서, 세금신고서나 가끔 쓰는 편지를 제외하면 글자라고는 거의 써본 적이 없었다. 거드름을 피우는 게 아니라, 정말로 그랬다고 강조한다. 그래서 신주쿠에 있는 기노쿠니야에 가서 만년필과 원고지를 사 왔다고 덧붙인다. 그의 천연덕스러운 작가의 변을 읽으면서 좌절감을 느끼지 않은 신인작가는 없으리라.

그의 글쓰기는 심각해 보이는 사건 사고를 교묘하게 빠져나가는 문장에서 확인할 수 있다. 독자는 하루키월드에 서서히 빠져들면서, 알 수 없는 미래와 잊고 싶은 과거와 조금씩 결별한다. 하루키 소설을 읽는 시간만이라도 세상의 고뇌와 거리를 둘 수 있다는 것. 작가의 매혹적인 일상을 훔쳐보며 독자 자신에게도 조금은 멋진 도시인의 삶이 펼쳐질 것이라는 착각에 빠져든다.

무려 40년 가까이 연타석 홈런을 치는 일본인. 그는 2015년 완성한 《직업으로서의 소설가職業としての小説家》에서 창작을 '전쟁터의 최전선에서 맨몸으로 혈전을 펼쳐 나가는 상황'이라고 말한다. 거기에서 살아남고 앞으로 나가는 것이 자신에게 주어진 과제라고 설명한다. 책에서 소설 따위 정확하게 '따위'라고 표현했다는 쓰려고 마음만 먹으면 누구든지 가능하다고 단언한다. 문장을 쓸 줄 알고, 볼펜과 노트가 있고, 나름의 작화 능력만 있다면 소설을 쓸 수 있다는 말이다. 전문 지식 따위도 필요 없다고 첨언한다. 이를 확대하면 역사에 대한 학습도 중요치 않다는 결론에 이른다.

모든 소설이 역사성을 드러내야 할 필요나 의무는 없다. 시대에 대한 비판 의식이 소설의 필수요소라고도 말할 수 없다. 하지만 적어도 전공투 시대를 몸소 체험했던 작가라면, 40년 가까운 글쓰기 인생에서 자신만의 역사관 정도는 있어야 하지 않을까. 아무리 소설 따위가 대단치 않은 노동이라고 할지라도, 그는 일본과 세계문학을 대표하는 작가로 우뚝 서지 않았던가.

질문에 대한 답을 먼저 내려본다. 적어도 하루키가 글을 쓰는 한, 그의 말대로 생의 결론 같은 것을 최대한 유보하는 일상을 지속하는 한, 하루키 문학은 독자의 관심권에서 멀어지지 않을 것이다. 하루키 문학에 빠진 이들은 그의 작품에서 일상의 도피와 간간한 위로를 원한다는 이유에서다. 결국 하루키는 독자의 심장을 쥐락펴락하는 영민한 작가다.

하루키의 글맛은 에세이에서도 여지없이 빛을 발한다. 그에게 영향을 준 세계는 첫 번째가 미국, 그다음이 유럽이다. 스콧 피츠제럴드Francis Scott Key Fitzgerald의 미국식 성공 논리에 관심을 보이고, 비치 보이스The Beach Boys의 초기 음악에 감탄하고, 고쿠분지에서 '피터캣'이라는 재즈카페를 운영하면서, 무국적성이라는 사상적 근육을 키워나간다. 전업작가로 자리 잡은 후에는 유럽과 미국 등지를 떠돌며 글을 쓴다. 적어도 그의 머릿속에는 일본이라는 고유명사가 존재하지 않는다.

하루키월드의 또 다른 특징은 개인주의이다. 그는 강

의나 문학상 심사, 방송 출연을 극도로 회피한다. 글쓰기에 도움이 되지 않는다는 이유를 대지만, 자신에게 남은 시간을 최대한 효율적으로 활용하겠다는 속내이다. 하루키식 글쓰기는 외풍에 무관심한 견고한 성곽과 다름없다. 적어도 하루키에게 창작이란 권태나 슬럼프와는 별 상관이 없는 일종의 게임이다.

최재봉 선임기자는 2017년 6월 1일 〈한겨레〉 칼럼에서 〈하루키이즘 또는 하루키 문제〉라는 글을 선보인다. 그는 '하루키의 소설은 문학이라기보다 소비향락 문화의 아이콘'이라고 주장하는 현기영 작가의 발언을 방패 삼아 논리를 전개한다. 하루키를 좋아하고 지지하는 것은 쿨하고 세련된 태도인 반면, 그를 싫어하고 비판하는 것은 촌스러운 노릇이라는 이중 잣대가 비판의 요지이다. 최재봉 기자는 하루키 문학에서 나타나는 생활의 부재, 역사의식 빈곤, 왜곡된 여성상 등에 대한 비판을 털어놓는다. 이른바 '하루키 급소 3종 세트'인 셈이다.

하루키 문학의 환상성은 현실성의 부재라는 한계점에 봉착한다. 모든 문학은 이데올로기나 역사의식과의 거리두기 또는 줄다리기의 연속이다. 현실참여적인 문학을 강조하는 진보 세력에게 하루키는 비판의 대상이다. 역사의식의 빈곤이라는 지적도 동일선상에서 거론되는 부분이다. 마지막으로 페미니즘에 대한 고려가 결여되었다는 비판은 하루키 문학이 진보적 가치와는 거리가 멀다는 반증이다.

한국문학계에 거대한 팬덤을 완성한 작가 무라카미 하루키. 그의 문학을 추종하는 독자는 하루키표 문학을 흡수하면서 제한된 자유를 음미한다. 하루키 팬덤 현상이 강할수록 작품에 대한 비판은 여론몰이에서 뒷자리를 차지하기 마련이다. 모든 문화예술에는 절대적인 평가 기준이 존재할 수 없다. 하지만 모든 작품에 대한 메타비평meta critique은 항시 가능한 부분이며, 이를 기반으로 문학 생태계가 발전을 거듭한다. 언젠가는 그의 작품이 역사와 현실의 축적물이 되었으면 하는 바람은 한때 전업 소설가를 꿈꿨던 나만의 욕심일까.

3.

개인의 취향,
타인의 취향

좋은 놈, 나쁜 놈,
애매한 놈

영화 〈마스터〉를 보았다. 대한민국 서민을 상대로 한 금융다단계 사기범 때려잡기가 큰 줄거리이다. 〈마스터〉는 선악구도를 전면에 내세운 기존의 흥행공식을 답습하는 영화이다. 여기에 조미료를 살짝 뿌린다. 좋은 놈 김재명 강동원과 나쁜 놈 진 회장이병헌 사이로 애매한 놈 박장군김우빈이 끼어든다. 원네트워크 대표 진 회장의 아바타로 등장하는 박장군의 변신 과정이 영화의 볼거리이다. 이는 직선적인 선악 논리만으로는 더 이상 만족하지 않는 관객의 눈높이를 고려한 설정이다. 후반부로 갈수록 애매하거나 착한 놈 사이를 부지런히 오가는 박장군의 역할은 다양한 의미를 시사한다.

해방 이후 한국 사회는 선 아니면 악이라는 편 가르기

의 역사를 되풀이한다. 자의 반 타의 반으로 만들어진 남북분단의 흑역사는 좌익과 우익이라는 호칭으로 간판을 바꾼다. 미·소 냉전 시대의 전략적 요충지인 한반도에서 태어난 민초는 군사강대국의 콧바람에 휩쓸려 불안한 일상을 영위해야만 했다. 여기에 이분법적 논리가 가세하여, 역사는 좋은 놈과 나쁜 놈만이 득세하는 기이한 이데올로기의 격전장으로 돌변한다.

백인과 흑인, 남자와 여자, 지배자와 피지배자, 좋은 놈과 나쁜 놈으로 구분하려는 이분법적 사고는 다양성을 부정하는 극단적 가치관을 양산한다. 세상에는 그들 말고도 황인, 동성애자와 양성애자, 지배자 또는 피지배자임을 모두 거부하는 인간이 존재한다. 이들의 가치를 부정하는 사회는 진영 논리만이 날뛰는 권력의 투견판과 다를 바 없다. '내 편이 아니면 모두 적'이라는 단세포적 사고는 인식의 동맥경화를 일으키기 때문이다. 모름지기 역사란 선악과만을 취하려는 권력중독자의 의중대로 조작할 수 없는 존재이다.

영화 도입부에서 지능범죄 수사팀장 김재명은 이런 대사를 던진다.

처칠Winston Leonard Spencer Churchill을 태운 자동차가 신호위반을 저지르자, 이를 제지한 교통경찰관이 등장한다. 공명정대한 업무 처리에 감명받은 처칠은 경시총감에게 교통경찰의 특진을 요청한다. 하지만 경시총감은 당연한 업무 처리를 한 해당 경찰의 특진은 불가하다고 대답한다.

영국 경찰의 사례를 통해서 한국의 현실을 비꼬는 김재명의 모습은 분명 애매한 놈과는 거리가 멀다. 그는 좋은 놈이라는 일관된 캐릭터를 보여주기 위해 탄생한 가상의 인물이다. 하지만 우리가 마주하는 복잡다단한 현실은 김재명처럼 좋은 놈이나 진 회장처럼 나쁜 놈만으로 채워지지 않는다. 부언하면 좋다가 나쁘거나, 나쁘다가 좋은 인물이 적지 않을 것이다.

오로지 영화의 흥행만을 위해서는 선악의 구분이 자로 잰 듯 명확해야 한다. 극장이란 즐기는 곳이라고 여기는 관객의 비중이 높아서이다. 재미와 흥미를 위해서는 관객을 대리 만족시켜줄 놈이 필요한데 '애매한 놈'은 혼란을 가중시킨다. 결국 애매한 놈도 좋거나 나쁜 쪽으로 흘러간다. 하지만 인간사는 이와 다른 방향으로 흘러간다.

애매한 인물이 등장하는 영화 작품이 사라지지 않는 나라. 그런 나라의 영화시장은 미래가 밝다. 천만 관객의 신화는 곧 군소영화의 몰락을 의미한다. 모든 문화는 다양성이 생명이다. 관객몰이가 자본의 논리라면, 관객 분산은 예술의 핵심이다. 애매한 영화의 전성시대를 기원해본다.

문화중독자
봉호 씨

당신은 왜 흑인입니까

그는 의사의 도움으로 강한 자외선을 쐬고, 색소 변화 유도제를 복용한다. 고통의 시간을 견뎌낸 뒤 검은 피부로 변해버린 자신을 마주한다. 그렇게 존 하워드 그리핀John Howard Griffin은 소기의 목표를 달성한다. 백인의 삶을 거부한 그는 인종차별이 극심한 미국 남부 지역으로 약 50일간의 여행을 떠난다. 때는 1959년이었다. 흑인의 외형으로 변한 그리핀은 과거 프랑스 레지스탕스에 참여했던 인물이었다.

스스로 인권운동가라 여긴 백인 남성은 피부색을 바꾸고 나서 불편한 현실과 마주친다. 백인이라는 특권을 누렸던 자가 겪은 한시적 체험이었다. 길에서 백인 여성과 눈이 마주쳤다가 폭언을 듣는 일은 예사였다. 대놓고 흑인을 멸시하는 백인의 폭력적인 태도에서 그는 극심한 정체성의 혼란을 겪는다.

변장한 백인이 받아야 했던 차별과 폭력의 기록은 책 《블랙 라이크 미 Black Like Me》를 통해 세상에 알려진다. 출간과 동시에 본격적인 인권운동가로 활동한 그리핀의 삶은 여전히 험난했다. 백인 우월주의자로부터 지속적인 살해 위협에 시달려야 했으며, KKK에게 집단 구타를 당했다. 흑인의 삶을 몸소 체험했던 그는 피부암의 고통 속에서 세상을 떠난다.

또 한 명의 인물을 소개한다. 레이철 돌레잘 Rachel Dolezal은 그리핀과는 완전히 다른 목적으로 자기 자신을 흑인이라 칭한 인물이다. 그녀는 자신을 흑인이라 생각하고 흑인으로 행세했으며, 그리핀과는 전혀 다른 궤적의 삶을 일궈낸다. 미국을 대표하는 흑인인권단체 NAACP National Association for the Advancement of Colored People, 전미유색인지위향상협회의 지부장으로 활약하며 백인을 비난하는 흑인 인권운동가로 거듭난다.

돌레잘은 대학강사와 경찰 옴부즈맨위원장으로 활동하던 중 자신의 부모에 의해 정체가 탄로 난다. 어린 시절의 사진과 함께 백인 부모의 출생증명서가 알려지면서 미국 사회는 혼란에 빠진다. 언론이 주목한 이유는 바로 피부색의 아이러니였다.

백인의 피부색을 부러워하는 고정관념을 정면으로 거스른 레이첼 돌레잘. 그녀의 변신에는 다른 이유가 있었다. 흑인의 인생이 오히려 득이 되는 집단에 편입되고 싶었기 때문이다.

여기에 성장 환경이라는 변수가 추가되었다. 돌레잘이 다녔던 하워드대학교는 대다수가 흑인 학생이었기 때문에, 백인 학생이 역차별을 받는 일이 흔했다. 게다가 부모님이 흑인 자녀를 입양해, 백인의 정체성에 매력을 느끼지 못했던 것이다. 돌레잘의 대학 전공은 아프리카 미술이었다. 흑인 어투를 사용하기 시작한 돌레잘은 공개적으로 백인 집단을 비난하는 발언을 퍼붓는 검은 피부의 인권운동가로 행세한다.

여기서 등장하는 두 명은 인권운동가라는 공통점이 있다. 학습 차원에서 흑인 행세를 했던 그리핀, 그리고 NBC방송에서 "나는 나 자신을 흑인이라고 생각한다"라고 인터뷰한 돌레잘은 인종결정권이라는 측면에서 차이를 드러낸다. 이는 국적처럼 백인과 흑인이라는 피부결정권도 개인의 선택으로 인정해야 한다는 숙제를 남긴

사건이다. 여기서 피부색이란 인간을 파괴하거나 과대
평가하는 일종의 가면이다. 인디언과 유대인과 재일 한
국인에 대한 핍박의 역사도 마찬가지이다. 일본에서 재
일 한국인의 삶은 순혈주의를 지키려는 일본 사회의 희
생양이 되기 일쑤였다. 일제강점기가 낳은 일본인의 비
뚤어진 시각까지 더해져 차별의 대상으로 전락했기 때문
이다.

지금도 대한민국은 70년 넘게 이어진 이념 갈등이 한
창이다. 피부색도 언어도 유대인 여부도 문제가 되지 않
는 땅에서 벌어지는 반목의 악순환이다. 누가 한국인을
색깔 논쟁의 우물 속에 빠뜨렸는가. 누군가의 관계이자
기억이었던 이들이 광장으로 모여든다. 그들은 흑백 갈
등이라는 인종차별의 경험과 상처가 전무한 대한민국의
과거이자 현재이다.

흑인으로 변장한 그리핀은 자신을 불쾌하게 여기는
백인을 향해 이렇게 묻는다.

죄송합니다만, 제가 기분 상하게 한 일이라도 있습니까?

피부색만으로 불쾌감을 유발했던 원인은 바로 '차별

의식'이라는 부패한 관념이었다. 인간의 관념은 변하거나 농도를 달리한다. 단지 저마다의 바닥에 다른 색깔의 관념을 덧칠하고 있을 뿐이다.

타인의 취향

아버지가 말했다. 도대체 밥이 나오냐고, 쌀이 나오냐고. 반은 맞고 반은 틀렸다. 처음에는 밥이나 쌀이 나오리라는 생각 자체를 하지 않았다. 때는 1980년대 후반. 군부 출신이 줄줄이 대통령직을 독식하는 과정에서 젊은 세대도 조금씩 그들을 닮아갔다. 말투도 복장도 가부장적 권위주의도 예외일 수 없었다. 한나 아렌트가 말하지 않았던가. 전체주의 정권은 개인을 무용지물로 만들어 각각의 개성을 말살한다고.

그 당시 개인만의 취향이란 억압의 대상이기 십상이었다. 취향을 거부하는 시대를 극복하기 위해 음반 수집에 몰두했다. 자장면값은 아깝지만 음반을 사는 데 나가는 돈은 아깝지 않았다. 술 약속이 생기면 집에서 미리

밥을 먹고 나갔다. 안주값을 아끼기 위해서였다. 그 돈만큼 음반을 샀다. 동문회를 포함한 각종 모임에 나가지 않았다. 3대 기타리스트에 대해서 이야기를 나눌 만한 이가 없기도 했거니와, 권력자 흉내를 내보려는 취객의 잔소리가 지겨웠기 때문이다. 토요일이면 광화문으로, 명동으로, 명륜동으로 달려갔다. 새로 들어온 음반을 구하기 위해서였다. 손바닥이 뿌옇게 될 때까지 음반을 뒤지던 순간을 사랑했다. 누구처럼 해봐서 안다. 한 장의 명반을 구하려고 중고음반점을 전전하던 고행의 시간을. 우연히 구입한 LP에서 절정의 소리가 쏟아져 나오는 환희의 순간을. 장대비가 45도 각도로 내리던 날, 턴테이블에 누운 재즈 베이시스트 론 카터의 LP에서 들려오는 정중동의 전율을.

세월이 흐른다. 음반 수집가들은 아날로그를 버리고 디지털을 선택했다. 구수한 인간미가 넘치는 LP를 포기하고 CD를 대세로 받아들였다. 20여 분마다 판을 뒤집어야 한다는, 보관이 용이하지 않다는, 구하지가 쉽지 않다는 핑계로 LP 수집을 포기한 거다. 하지만 CD의 전성시대도 그리 오래가지 못했다. 이번에는 파일과 인터넷으로 음악을 듣기 시작했다. 군침만 흘렸던 전설의 음반이 유튜브에 속속 등장했다. 나는 음악을 실물 형태로 간직하던 세대였다. 1980년대는 LP가 라디오와 함께 음악의 소통 수단이었다. 당연한 일상은 인간의 사유 능력을 마비시킨다. 일상이 사라진 뒤에야 가치를 깨닫고 바보처럼 과거를 아쉬워한다.

후회했다. 왜 LP가 하나의 예술품이었다는 소중한 사실을 몰랐을까. 왜 한옥의 아름다움 속에 숨겨진 생활의 불편함을 감수하려 하지 않았을까. 왜 아날로그가 뿜어내는 아로마 향기를 외면했을까. 왜 밥도 쌀도 아닌 존재를 마지막까지 지켜내지 못했을까.

4차 산업혁명의 열기가 뜨겁다. 온갖 매체에서 미래의 먹거리를 찾아내야 한다고 목소리를 높인다. 제조업과 정보통신기술의 융합을 말하는 이가 늘어간다. 이로 인해 10년 후에는 직업의 절반가량이 사라진다는 소문이 가득하다. 음악도 마찬가지일까. 〈포더링게이 Fotheringay〉 LP를 구하려 서울 시내를 정신없이 떠돌던 20대의 추억은 한 편의 무성영화였을까.

그렇지 않다. 과거는 무조건 땅바닥에 묻어야 하는 구태의 결정체가 아니다. 취향은 존중받아야 한다. 그게 사람 사는 세상이다. 황병기도 조성진도 나윤선도 타인의 취향 속에서 존재해야 하는 음악가이다. 문화예술의 다양성이 존재하는 사회는 아름답다. 상상해보라. 국악, 클래식, 재즈, 록이 함께 어우러지는 공연장의 열기를. 한국에도 엘 시스테마El Sistema에 버금가는 창작 환경이 만들어지는 미래를.

단, 여기에는 전제가 따른다. 거대 소비자본의 손아귀에서 벗어난 타인과 나의 취향이 고루 존재하는 사회가 바로 그것이다.

음악을 좋아하다 보니, 그와 관련된 일을 하게 되었다. 아버지 말이 반은 맞고 반은 틀렸다. 영화〈죽은 시인의 사회Dead Poets Society〉의 한 장면이 떠오른다. 키팅 로빈 윌리엄스 Robin Williams 선생은 학생들에게 이렇게 선언한다.

> 의학, 법률, 경제, 기술 따위는 삶을 유지하는 데 필요하지만, 시와 아름다움, 낭만, 사랑은 삶의 중요한 목적이다.

먹고살기 힘든 세상이지만 우리 곁에는 취향이 존재한다. 처음에는 비록 밥도 쌀도 아니겠지만.

단골은 없다

신청곡을 잘 틀어주던 LP카페가 생각난다. 그곳에 가면 삐걱거리는 지하의 나무 계단 벽에 걸린 LP들이 반갑다고 손을 흔들었다. 자유로운 생을 추구하는 이들이 카페로 모여들었다. 어떤 음악을 신청했던가. 톰 웨이츠Thomas Alan Waits, 알 쿠퍼Al Kooper, 닉 케이브Nick Cave가 떠오른다. 맥주 한 병을 움켜쥐고 자정까지 수다를 떨어도 눈치를 주지 않던 음악창고였다. 지금은 없다.

　광고회사에 다니면서 소설을 쓰던 형이랑 매주 방문하던 헌책방이 있었다. 주인은 어쩌다 서점에 나왔고, 부지런히 책 정리에 몰두하는 아저씨가 서점을 지키고 있었다. 그는 소설에 대해서 잘 몰랐다. 아저씨는 방문할 때마다 목장갑을 낀 두 손을 모으고 아는 척을 했다. 거기서 하나무라 만게츠花村萬月의 장편소설을 구입했다. 우리는 헌책방 문을 닫을 때까지 문학책을 만지작거리며 아이처럼 즐거워했다. 지금은 없다.

대학원 저녁 수업이 끝나면 공연기획사를 운영하는 과 친구와 들리던 아지트가 떠오른다. 산꼼장어구이가 일품인 상수역 근처의 작은 음식점. 이곳은 말수 없는 내성적인 모자가 함께 운영하던 곳이었다. 단골손님에게 요란스럽게 아는 척을 하지도, 그렇다고 냉랭하게 대하지도 않던 주인아주머니와 아들이 그냥 좋았다. 조심스럽게 꼼장어를 구워주는 아들의 손동작을 보면서 불나방스타 쏘세지 클럽의 음악성을 논하던 추억이 새롭다. 하지만 지금은 없다.

마늘치킨을 잘하는 술집에 자주 들렀다. 처음 방문하는 이들은 여기가 카페인지 치킨집인지 헷갈려할 만큼 멋진 인테리어가 인상적이었다. 매달 그곳에서 닭다리를 뜯고, 생맥주를 삼켰다. 주인아저씨가 가끔 공짜로 내주는 황도 안주도 고마웠다. 입구에 위치한 나무 책장에는 다양한 문화예술 서적이 꽂혀 있었다. 가객 김광석의 사진집을 꺼내 보면서 술친구를 기다리곤 했다. 아쉽게도 지금은 없다.

여기 등장하는 장소는 모두 단골로 드나들던 마포 인근의 사랑방이었다. 공통점이라면 뜨내기손님이 득실거리는 번잡함이 없었고, 직원을 함부로 대하는 주인의 날선 욕망이 없었고, 나를 이완시켜주는 적당한 무관심이 존재했다. 그렇게 마음이 통하는 이들과 그곳에서 40대를 보냈다. 내게 단골집이란 두 번째 삶의 안식처이자 작은 유토피아였다.

최근 10여 년 동안 홍대 지역에 방문객이 몰려들었다. 지금은 뜸하지만 주말이면 중국인 관광객을 태운 관광버스가 도로를 메웠다. 부동산 가격이 천정부지로 오르고, 급등하는 월세폭탄이 자영업자의 멱살을 움켜잡았다. 1년이 멀다 하고 공실로 변하는 유령상가가 등장했다. 미술, 음악, 출판이라는 창조 지구의 빛깔은 점점 무채색으로 변해갔다. 뉴욕 윌리엄즈버그처럼 홍대를 떠나는 가난한 예술가가 늘어만 갔다.

요새도 자주 방문하는 가게가 있기는 하다. 그런데 불안하다. 누군가에게 자랑하는 순간, 크롤리Crowley가 행하는 흑마술처럼 쓱 하고 사라질까 두려워서다. 왜 우리나라는 일본처럼 10년 넘게 오롯이 자리를 지키는 단골의 풍속이 부재하는 걸까. 노르웨이의 4배에 달한다는 자영업자의 현실은 무엇을 의미하는 걸까.

얼마 전 신촌의 헌책방에 들렀다. 현대음악가 슈토크하우젠Karlheinz Stockhausen의 음악을 들으면서 책을 구경할 수 있는 지하 서점. 주인의 표정에는 경기불황의 어두운 그림자가 드리워 있었다. 말하나 마나 매출이 더 줄었을 게다. 구제금융사태 이후 한국은 단 한 번도 경기가 좋았다는 시절이 없었다. 어떻게 20년 이상 경기침체를 반복하는지 놀라울 정도이다.

한국인은 단골이 사라진 쓸쓸하고 삭막한 도시에서 살고 있다. 지금 우리에겐 단골이 없다. 10년이 지난 후에도 자리를 지키는 노포의 기억은 판타지에 불과한 것일까. 단골이 사라진 도시에는 차가운 기운만이 맴돌고 있다.

접속의 시대

영화 〈접속〉을 다시 보았다. 개봉 당시 〈접속〉은 등장인물 간의 비대면 소통이라는 소재로 영화계에서 주목을 받는다. 작품 속에는 다양한 상징이 등장한다. 그룹 벨벳 언더그라운드The Velvet Underground 의 낡은 LP, 지금도 존재하는 명동의 음반점, 종로 피카디리극장 등이 그것이다. 영화의 배경인 1997년은 젊은 세대의 소통 방식이 대면에서 비대면으로 이동하는 접속의 시대였다.

주인공 동현한석규의 직업은 음악방송국 PD이다. 연락이 끊어진 옛사랑을 잊지 못하는 동현. 폐쇄적인 삶에 익숙한 그의 소통 창구는 바로 PC통신이다. 동현은 사이버 공간에서 '여인2'라는 아이디의 수현전도연과 접속한다. 그들은 극장, 음반점, 지하철에서 우연히 마주치지만 서로를 인식하지 못한다. 오직 PC통신이라는 공간만이 남녀의 유일한 소통 수단이다. 동현과 수현은 자신의 실제 모습을 드러내지 않는 실시간 접속 방식을 수용한 세대이다. 수현이 전화 안내원으로 일하는 홈쇼핑회사 역시 비슷한 공간이다. 수현은 동현과 달리 인연을 쉬이 포기하지 않는 성향을 보인다. 반대로 세상과 거리를 두는 동현은 즉흥적으로 방송국 일을 그만둔다. 그는 계획 없이 호주로 떠나겠다는 결정을 내린다. 동현의 심적 변화는 인위적인 관계에 지친 현대인의 또 다른 모습이다. 목적 없는 동현과 목적 있는 수현은 비대면 접속을 탈피하고자 노력한다. 수현이 짝사랑하던 남자김태우가 건네는 무선호출기삐삐는 사라진 접속 수단이다. 영화 마지막에 등장하는 극장 앞 공중전화도 비슷한 존재이다. 수현이 품에 안고 있는 LP 역시 예외가 아니다. 대면 접속에서 비대면 접속의 시대로 넘어가는 20세기 말에 등장한 영화 〈접속〉은 소통의 진정한 의미를 집요하게 파헤친다.

어찌 보면 1990년대는 접속 과잉에 시달리지 않았던 괜찮은 세월이었다. 휴대전화가 없다 보니 외부 약속은 최선을 다해 지켜야 했다. 문자가 아닌 음성 위주로 소통이 이루어졌다. 사고의 폭도 상대적으로 넓고 깊었다. 결정적으로 대면 위주의 만남이다 보니 소통의 문제나 부작용이 적었던 솔직한 시대였다. 하지만 편리를 추구하는 문명의 속성은 인간관계 자체를 변질시킨다.

신속함에 집착하는 욕망이 이어지면서 수많은 접속도구가 자취를 감춘다. SNS라는 수단이 등장하자 인류는 접속의 홍수에 직면한다. 너무나 많은 인연이 사이버 공간을 통해 모습을 드러낸다. 반가움보다는 섬뜩함이 앞서는 이유는 감정이라고는 찾아볼 수 없는 매체의 특성 때문이다. 인위적으로 이어지는 접속의 향연 속에서 제한적이고 감각적인 신조어가 득세한다.

동현은 마지막 순간까지 수현과 만남을 꺼린다. 비대면 소통에 익숙해져버린 동현의 행동은 20여 년이 흐른 지금도 전혀 어색함이 없다. 영화주제곡 〈러버스 콘체르토 A Lover's Concerto〉가 흘러나오는 가운데 동현과 수현은 극적인 만남을 가진다. 접속에서 접촉으로 화하는 순간이다. 디지털과 아날로그가 뒤섞여 버리는 마지막 장면을 보면서 SNS의 전성시대를 예감한 이는 많지 않았다.

'말만 하고 행동하지 않는 자는 잡초로 가득한 정원과 같다'라는 말이 있다. 이제는 수정이 필요한 문장이다. 말과 행동보다 중요한 소통 수단이 등장했기 때문이다.

문화중독자
봉호 씨

SNS는 인간에게 필요한 사유의 무게를 경감시켰다. 비대면 소통이 지배하는 세상. SNS발 가짜뉴스와 정보 과잉에 시달리는 세상. 동현의 우울한 표정은 소통 단절의 시대를 보여주는 작은 암시였다.

만프레드 슈피처Manfred Spitzer는《디지털 치매Digitale Demenz》라는 저서에서 '디지털 기기의 과도한 사용으로 뇌 기능이 손상되어 어느 순간부터 인지 기능을 잃은 세대'를 지적한다. 이는 사유하는 기능 자체를 디지털 기기에 빼앗긴 현대인을 암시하는 경고이다. 속도 우선주의가 낳은 젊은 치매인간의 등장이 섬뜩하다. 그렇게 접속의 시대는 인류에게 빛과 그림자를 동시에 선사했다.

미안하다는 말

인간은 학습을 통해서 지식과 지혜를 흡수한다. 학습이 이루어지는 대표적인 공간으로 가정, 학교, 미디어 등이 존재한다. 그곳에서 가르치지 않는 것이 있으니, 바로 "미안하다"라는 말이다. 우리는 미안하다는 표현을 배우기보다는 이를 강요받으면서 성장한다. 왜 미안하다는 언어를 선택해야 하는지, 상대방의 미안하다는 말을 어떻게 받아들여야 하는지에 대한 학습경험이 전무하다.

김호연의 장편소설 《망원동 브라더스》에는 망원동 옥탑방에 우연히 모인 네 명의 남자가 등장한다. 그들은 모두 자신이나 사회로부터 연체된 인생을 사는 존재이다. 김 부장, 과거 출판사 영업 업무를 했던 40대 기러기 아빠이자 실업자이다. 싸부, 전직 만화 스토리작가이자 주인공의 스승이다. 삼척동자, 9급 공무원시험을 준비하는 29세의 청춘이다. 주인공은 망원동 옥탑방에 기거하는 생계형 만화가이다. 주인공을 제외한 나머지 인물은 하나같이 일자리를 원하는 잠재적 실업자이다. 그들은 비록 옥탑방에 얹혀 지내는 처지임에도 불구하고 실업자를 양산하는 사회로부터 미안하다는 말을 기대하지 않는다. 오히려 직업을 가진 주인공만이 헬조선과 대립각을 세운다. 무명의 만화가는 탈출구가 보이지 않는 현실을 다음과 같이 꼬집는다.

지금은 돈을 벌기 위해 악순환의 궤도에라도 올라가야 한다. 재능은 두 번째 문제이다.

소설 후반부에는 등장인물들이 재회하는 장면이 나온다. 이제 그들은 옥탑방을 떠나 생활 전선에 투입된다. 경제적 상황이 조금 나아졌다고 거만을 떨지도 않는다. 오히려 처음 옥탑방에 모일 때의 모습 그대로 서로를 응시한다. 주인공은 사유한다. 사회는 우리에게 해준 것이 별로 없지만, 우린 이렇게 잘 지내고 있다고. 그 때문에 《망원동 브라더스》는 누구에게도 미안한 마음을 강요하지 않는 평범한 이웃이라고.

부패한 정치인이 내뱉는 미안하다는 말은 세 치 혀로 사태를 모면하려는 꼼수가 엿보인다. 실패한 기업인이 던지는 미안하다는 말은 소비자를 향한 두려움의 표현이다. 스캔들에 휩싸인 연예인의 미안하다는 말은 팬과 멀어지기 싫은 아쉬움의 언어이다. 상습적으로 미안하다는 말을 남발하는 자는 자기합리화에 함몰된 정신 상태를 보여준다.

이들과는 조금 다른 세계에서 살고 있는 별종이 있다. 평생토록 미안하다는 말을 할 줄 모르는 사람이다. 사과란 늘 자신이 상대방으로부터 들어야만 하는 일종의 자기위안 정도로 치부하는 인물이 이에 해당한다. 자신이 아무리 이기적인 행태를 반복해도 미안하다는 표현은 절대 할 수 없다는 아집이 엿보인다. 이러한 유형은 주변인에게 피로감과 불쾌감을 무한 재생산한다.

다음으로 미안하다는 말을 남용하는 부류가 있다. 자신의 잘못을 인정하려는 본래 의도가 아님이 분명하다. 상습적으로 미안하다는 표현을 던지면서 자신의 욕망을 그대로 유지하려 든다. 이는 가식과 기만으로 점철하는 행위에 해당한다. 평생토록 미안하다는 말을 차단한 인물과는 차이가 있다. 적어도 관계의 단절로 치닫지는 않으니 말이다.

소설 《망원동 브라더스》를 마포아트센터에서 연극으로 다시 만날 기회가 있었다. 소설의 분위기를 살리려고 노력한 흔적이 역력했다. 무대에 등장하는 배역은 마지막까지 서로에 대한 관심과 배려를 멈추지 않는다. 이들은 소설처럼 누구에게도 미안해해야 하는 존재가 아니었다. 자신의 생활 여건이 비록 누추할지라도 세상을 향해 비수를 던질 줄도 모르는 심약한 인물이었다.

"미안하다"라는 말을 다시 생각해본다. 미안하다는 말을 들을 기회보다 건넬 기회가 많았는가, 미안한 상황에서 미안하다는 말을 아끼지 않았는가, 미안하다는 말이 듣고 싶어 관계를 차단하지는 않았는가, 자문해본다. 우선은 나 자신에게 미안하다는 말을 해줘야 할 듯싶다. 자신에 대한 설득을 마쳤다면 흐트러진 마음을 챙겨야겠다. 미안하다는 말을 건네지 못한 누군가를 위해서.

거우 존재하는 문화

제2차세계대전 당시, 영국은 4.5톤짜리 발명품을 선보인다. 물건의 정체는 '블록버스터 blockbuster'라는 초대형 폭탄이었다. 이후 블록버스터는 제작비가 크거나 유명 배우가 등장하는 영화를 상징하는 단어로 의미가 확장된다. 요즘에는 다양한 문화예술 장르에 블록버스터라는 용어를 쓴다.

김달진미술자료박물관에 따르면 1950~2010년 해외 작가의 국내 전시는 파블로 피카소가 29회로 가장 많았다. 이어 마르크 샤갈 Marc Chagall 이 17회, 살바도르 달리 Salvador Felipe Jacinto Dali 가 16회를 기록한다. 앤디 워홀 역시 11회로 유명세에 부응할 만한 전시 회수를 자랑한다. 이는 승자 독식의 현상이 미술계 전반에서 나타나고 있음을 보여주는 사례이다.

그렇다면 과연 고전음악은 블록버스터 현상에서 자유로울 수 있을까. 모차르트나 베토벤의 공연이 차고 넘치는 현실은 미술계와 크게 다르지 않다. 대중의 눈높이가 낮아서, 흥행의 부담 때문에, 정부 지원이 열악해서라는 이유가 등장한다. 결국 고급예술이라 불리는 미술이나 고전음악 모두 유행상품이라는 굴레에서 자유롭지 못한 존재이다.

문화예술에 빠진 '덕후급' 인사들이 있기는 하다. 이들은 시간을 쪼개 공연과 자료 수집에 몰두한다. 해외에서 개최하는 공연과 전시회를 관람하려고 적금을 붓거나 동호회에 가입하기도 한다. 하지만 그들이 문화예술시장의 든든한 허리 역할을 해주지는 못한다. 평론가에 버금가는 식견을 가진 존재지만 아쉽게도 이들 사이에서도 계급관계가 드러난다. 이를테면 "저는 오페라는 즐기지만 록 따위는 상종하지 않아요"라는 선민의식이 이에 해당한다.

부르디외Pierre Bourdieu는 저서《구별짓기La Distinction》에서 '교육자본에 따라서 문화의 취향이 다르다'는 연구 결과를 내놓는다. 예를 들어 교육 수준이 낮은 사람일수록

만화, 추리소설, 스포츠 등의 대중문화를 선호한다는 논리이다. 1970년대 프랑스에서 제한적으로 행한 연구 결과에 집착할 필요는 없다. 이제는 미디어를 통한 문화 향유의 기회가 폭발적으로 늘어났기 때문이다.

하지만 우리 사회에는 중세 유럽으로 회귀하려는 이상한 종족이 존재한다. 그들은 문화예술을 자신을 포장해주는 일종의 수입 명품 정도로 취급한다. 문화 융성에서 필요한 것은 '그들만의 리그'에서 폼이나 잡는 천박한 문화계급주의가 아니다. 계급의식에 경도된 자가 국가예산을 주무른다면 이는 무고한 예술가의 밥줄을 끊어버리는 비극을 초래할 뿐이다. 문화지원만이 문화 생태계의 발전을 보장하는 제도는 아니다. 지원 대상이 모호할뿐더러, 자생력을 약화시키는 계륵 같은 존재가 될 수도 있기 때문이다.

문화예술시장은 일반 기업시장과는 근본적으로 다른 구조를 가지고 있다. 기업처럼 무한 수익 창출을 지상목표로 삼지 않는다. '예술가' '작품' '시장'이라는 삼각 구조만으로 이루어지지도 않는다. 여기서 중요한 역할을 하는 인물이 바로 문화예술 중개자이다. 문화계 공무원, 비평가, 전시 및 공연기획자 등이 이에 해당한다. 다양한 문화예술에 대한 식견은 물론이거니와, 대중문화를 바라보는 열린 시각은 필수조건이다.

현대의 문화예술시장에도 계급이 존재할까. 아도르노 Theodor W. Adorno 는 '대중매체의 이면에 존재하는 자본주의가 문화예술을 상품으로 전락시킨다'고 지적했다. 그는 대중이란 문화예술을 독립적으로 향유하는 것처럼 보이지만, 결국 자본주의사회에 종속될 수밖에 없다는 이유로 '예술의 대중화'에 반대했다. 문화가 먼저냐 계급이 먼저냐를 떠나서, 일부 자본가의 차별 의식은 가뜩이나 침체에 빠진 문화예술 생태계를 어지럽힐 뿐이다.

대한민국 시민 모두가 동시대를 살고 있다는 생각은 착각이다. 지금도 귀족 문화를 흉내 내보려는 문화계급이 존재한다. 그들은 오로지 돈과 권력으로 예술을 향유하려는 구시대적 인물이다. 수십만 원짜리 와인을 마시면서 바그너를 논한다고 국격이 높아지거나 문화예술의 장이 활짝 열릴 리는 만무하다. 이는 개인의 취향에서 비롯한 호사 취미일 뿐이다.

다시 문화를 이야기할 시간이다. 그들만의 리그에서 맴도는 문화예술 중개자는 필요악이다. 창작자의 고루한 현실을 이해하고, 문화예술을 산업으로만 판단하지 않으며, 힘없는 다수를 향한 문화 공유의 가치를 이는 인물이 절실한 상황이다. 바로 지금부터, 계급을 초월한 진정한 문화 융성의 밑그림을 그려야 한다.

흔들리는 대중문화

베스트셀러 작가군에 강석경, 김용옥, 도종환이 등장한다. 강석경은 소설《숲속의 방》으로 민음사에서 주최하는 제10회 '오늘의 작가상'을 수상한다. 김용옥은《여자란 무엇인가》를 신호탄으로 본격적인 창작 활동을 시작한다. 도종환은 사별한 아내를 그리는 시집《접시꽃 당신》을 실천문학사에서 출간한다. 그는 1989년 전교조 활동으로 해직, 투옥되는 고초를 겪는다.

영화 〈겨울 나그네〉가 흥행돌풍을 일으킨다. 최인호의 소설을 원작으로 한 영화에서 배우 안성기, 이미숙, 강석우가 열연을 펼친다. 영화 〈이장호의 외인구단〉은 원작자이자 만화가인 이현세의 유명세와 정수라, 김도향의 주제곡에 힘입어 30만 관객을 동원한다. 영화 원제는

〈공포의 외인구단〉이었으나 정권에서 '공포'라는 표현을 불허했다는 어이없는 일화가 전해진다.

해태 타이거즈가 프로야구 한국시리즈 우승을 차지한다. 그해에 무려 여섯 명의 1점대 방어율 투수가 탄생한다. 선동열은 방어율 0.99, 24승 6패 6세이브라는 경이로운 기록을 세운다. 이후 대학가에서는 '학점이 선동열 방어율 수준'이라는 유행어가 등장한다. 눈치챘겠지만 이상은 1986년을 장식했던 대중문화, 즉 도서, 영화, 프로야구에 관한 기록이다.

프랑크푸르트학파였던 아도르노와 호르크하이머Max Horkheimer는 1948년《계몽의 변증법Dialektik der Aufklärung: Philosophische Fragmente》을 발표한다. 그들은 급격한 과학발전의 부산물인 문화산업의 문제점을 비판한다. 이는 '20세기 초반부터 본격적으로 모습을 드러낸 각종 대중문화가 자본주의나 전체주의와 결합하여 대중의 눈과 귀를 마비시킬 수 있다'는 서늘한 경고였다. 나치 당원으로서 음악을 통한 히틀러 우상화에 앞장섰던 지휘자 카라얀이 대표적인 예이다.

아련한 기억에도 불구하고 1986년은 허명무실한 해였다. 군부정권이 기획한 우민화정책, 즉 스크린screen, 섹스sex, 스포츠sports를 상징하는 3S 대중문화가 뿌리내리기 시작했다. 한편 5·18광주민주화운동의 원혼은 여전히 대한민국 곳곳을 배회하고 있었고, 학생운동은 변함없이 치열했으며, 서로가 대통령 후보라고 우기는 거물 정치인들의 힘겨루기는 해를 넘길 기세였다. 술집이나 공공장소에서 함부로 기득권 세력을 비판하는 것마저 용납되지 않던 숨 막히는 시절이었다.

그때로부터 수십 년이 지난 지금, 한국의 대중문화는 어떤 모습일까.

이젠 리영희의 《전환시대의 논리》나 《우상과 이성》을 동네 카페에서 읽어도 무방하다. 1987년 6월민주항쟁 이후 문화공보부는 출판활성화 방안을 통해 471종에 달하는 도서의 판매 금지를 해제한다. 지금은 광화문광장에서 백기완의 〈임을 위한 행진곡〉이나 김민기의 〈아침 이슬〉을 목청껏 불러도 상관없다. 이 역시 6월민주항쟁 직후 방송심의위원회가 방송금지가요 재심의를 통해 이 노래들을 해금했기 때문이다.

시민의, 시민에 의한, 시민을 위한 민주화운동의 결정체였던 6월민주항쟁은 절반의 승리로 막을 내린다. 우려했던 대로 김대중과 김영삼은 대통령 후보 단일화에

실패하고, 세 번째 군부정권의 탄생을 멍하니 구경해야
만 했다. 그렇지만 6월민주항쟁이 남긴 함의는 실로 다
양하다. 진정한 대중문화의 물결이 시민의 곁으로 밀려
왔다. 시대의 아픔을 표현하는 예술가의 권리가 한 뼘 정
도는 늘어났다.

　1986년 한국의 대중문화를 돌이켜 볼 때 《계몽의 변
증법》은 틀리지 않았다. 2016년 말 대한민국을 전역을
수놓았던 촛불시위가 없었다면 또 다른 금서 목록과 금
지곡이 등장했을 것이다. 예술인 블랙리스트는 더욱 기
승을 떨쳤을 것이다. 한국 영화 〈택시운전사〉는 일부 극
장에서만 제한 상영하는 문화탄압이 벌어졌을지도 모
른다.

　계절이 120번 넘게 바뀌었지만 한국인은 30년이 지난
2016년까지도, 독재정권의 낡고 부패한 대중문화 통치
술이 판치던 1986년과 비슷한 공간에서 숨 쉬고 있었다.
결국 그때는 틀리고 지금은 맞다. 하지만 지금의 맞음이
향후 수십 년간 변함없을지는 알 수 없다. 언젠가는 정치
판이 바뀔 것이다. 형편없는 우민화정책이 또다시 명함
을 내밀지도 모른다. 예술가의 목줄을 죄는 살생부가 발
톱을 드러낼 수도 있다.

누구의 책임일까. 이는 특정인의 책임이 아닌 모두의 책임이다. 용기 있고 영민한 시민만이 권력에 흔들리지 않는 대중문화를 설계할 수 있다. 열쇠의 주인공은 바로 그들이다.

자기검증의 현상학

1985년 기타리스트 제프 벡Jeff Beck 은 신작 앨범을 발표한다. 무려 4년 만에 등장한 음악적 결과물이었다. 기자가 물었다. "왜 그리 오랫동안 음반 제작을 하지 않았느냐"고. 제프 벡은 태연히 답변한다.

유럽 여행을 하며 길거리와 공연장에서 무명 기타리스트의 연주를 유심히 살펴보았는데, 나보다 기타를 잘 치는 음악가가 수십 명에 달했기에 절치부심하는 시간이 필요했다.

2001년 세상을 떠난 비틀스 멤버 조지 해리슨. 그는 뛰어난 창작 능력에도 불구하고 폴 매카트니와 존 레넌이라는 쌍두마차가 버티는 그룹에서 자신의 재능을 마음껏 드러내지 못했다. 이후 솔로 음반을 통해서 그동안 보여주지 못했던 역량을 마음껏 펼친다. 그는 음악가인 동시에 종교인이자 평화주의자로 거듭난다. 1971년 조지 해리슨은 뉴욕에서 기아에 허덕이는 방글라데시인을 위한 자선 공연을 펼친다.

피아니스트 시모어 번스타인Seymour Bernstein은 인터뷰에서 이렇게 말한다.

당신이 내 의견에 공감하지 않아도 상관없다.

편 가르기식 억지 논리가 넘쳐나는 시대에 음미해볼 만한 말이다. 시모어 번스타인은 어린 시절 아버지로부터 모진 학대를 받는다. 그는 피아노 꿈나무 양성을 통해서 자신의 상처를 치유해나간다. 고통의 객관화에 성공한 것이다. 90살의 나이에도 세상에 기여하고 싶다는 피아니스트의 일갈이 인상적이다.

소개한 음악인은 모두 자기검증이라는 불편한 진실게임과 마주했던 인물이다. 유명 인사에게는 명예라는 족쇄가 파파라치처럼 따라다닌다. 그들에게 명예란 대중의 기억에서 잊히는 날까지 감당해야 하는 통과의례이다.

그룹 너바나Nirvana의 리더였던 커트 코베인Kurt Cobain처럼 팬덤 문화의 상징이었던 이에게는 현실감각의 결여라는 반대급부가 따른다. 공황장애나 자살로 치닫는 스타의 속내는 일반인의 그것과는 많이 다르다.

한편 영화 〈대부 2The Godfather: Part II〉에는 청부살인 혐의에 시달리는 마피아 두목 마이클 꼴레오네알 파치노, Al Pacino가 등장한다. 그는 청문회장에서 "나는 살인과 무관한 사회사업가"라고 말한다. 이후 자신의 변호사와 합작하여 군부대에서 보호하던 살인 사건의 증인을 자살에 이르게 만든다. 게다가 자신을 해치려 했던 친형을 부하를 시켜 암살한다. 〈대부 3The Godfather: Part III〉에서 마이클 꼴레오네는 이러한 범법 행위가 "가족의 행복을 위해서였다"는 궤변을 늘어놓는다. 그렇다면 마이클 꼴레오네 역시 자기검증을 실천했던 인물일까. '그렇다'는 의견에 한 표를 던진다. 그는 〈대부 1〉에서 마피아 두목의 자리를 물려받는 존재로 등장한다. 1세대 마피아 두목이었던 돈 꼴레오네말런 브랜도, Marlon Brando는 막내아들이 폭력 세계로 빠져드는 상황을 원치 않는다. 결국 마이클 꼴레오네는 자신의 판단과 의지로 마피아의 세계에 입성하고, 이를 유지하기 위해 배타적 자기합리화를 반복한다.

여기서 두 가지 형태의 자기검증을 엿볼 수 있다. 앞서 소개한 음악가의 자기검증은 유명인과 개인의 삶을 분리하는 가치재로 쓰였다. 제프 벡의 자기검증은 음악적 진보라는 방향타로 작용한다. 시모어 번스타인과 조지 해리슨의 자기검증은 사회와 인류에 기여하는 동력으로 화한다. 이들의 자기검증은 모두 개인적·사회적으로 긍정적인 방향타를 제시한다는 데 의미가 있다.

그와 반대로 마이클 꼴레오네의 자기검증은 철저히 반사회적 결과를 낳는다. 그는 자신의 형제와 동료를 살해하면서까지 마피아 보스라는 자리에 집착한다. 대부는 "이 세상에 못 죽일 인간이란 없다"라고 자조한다.

영화에서 등장하는 형태의 죽음은 현실에서도 수없이 목격할 수 있다. 권력투쟁의 역사에서 억울하게 유명을 달리한 이들의 죽음이 바로 그것이다. 정신적·육체적 살인을 자행하는 권력자의 자기검증은 억지스런 합리화의 수단에 불과하다. 총칼을 앞세워 언로를 틀어막았던 20세기의 흑역사가 이를 증명한다. 본격적인 신자유주의 시대의 통치 방식은 조금 다르다. 총칼을 뒤로 숨긴 채, 진실을 말하려는 자의 밥줄을 끊어버리는 경제적 살인을 자행한다. 내용만 다를 뿐 올바른 형태의 자기검증을 무시한 악의적인 처사임이 분명하다. 개인을 넘어선 집단의 비뚤어진 자기검증도 주목해야 할 부분이다. 다수결이라는 미명하에 벌어지는 소수자에 대한 무시와 차별은 어떠한지 고민할 필요가 있다. 정상적인 자기검증의 과정에서는 기득권을 내려놓아야 하는 상황과 직면해야만 한다.

시모어 번스타인과 마이클 꼴레오네. 그들의 노년기는 욕망을 해석하는 시각에 있어서 극단적인 대비를 이룬다. 자기검증의 현상학은 21세기에도 변함없이 진행형이다.

이상한 대학의 교수님

계단식 강의실이 등장한다. 느리지만 정확한 어투로 계약법을 설명하는 노교수의 눈빛이 형형하다. 그는 종강을 선언하고 무표정한 얼굴로 강의실 문을 향해 걸어간다. 학생들은 마치 약속이라도 한 것처럼 모두가 기립박수를 보낸다. 놀란 기색으로 제자들을 응시하는 교수. 영화 〈하버드 대학의 공부벌레들The Paper Chase〉의 한 장면이다.

지금까지 이 영화를 다섯 번 보았다. 최선을 다한 뒤 결과에 연연하지 않는다는 의미를 건네는 작품이다. 영화는 자신의 실제 대학 생활을 소재로 한 작가의 소설을 토대로 만들었다. 〈하버드 대학의 공부벌레들〉에서 최고의 연기력을 보여주는 인물은 계약법을 가르치는 노교수

킹스필드존 하우스만, John Houseman 이다. 법대생들은 수업 시간마다 교수의 집요한 소크라테스Socrates 식 문답법에 시달린다.

얼마 전 박사 과정을 공부하는 지인으로부터 답답한 이야기를 들었다. 대학원에서 실권을 가진 인문학 교수의 횡포가 상상을 초월한다는 내용이었다. 강의 시간에 대놓고 스승의 날 선물을 하려면 마시고 사라지는 고급 양주 말고 오래도록 가치가 남을 만한 선물을 달라는 발언, 논문 지도랍시고 학생을 2시간 가까이 기다리게 해놓고 자신에게 확인 전화를 했다는 이유로 폭언하는 사례, 평소 마음에 들지 않아했던 학생을 논문 평가에서 고의적으로 탈락시키는 횡포 등을 성토했다. 이 정도면 어디 내놓아도 손색없는 갑질교수이다.

안타까운 사실은 이런 저질 교수의 전횡이 대학가에서 전방위적으로 벌어진다는 거다. 게다가 실력이 처지는 교수일수록 정치적인 입지에만 골몰하는 경향이 다분하다. 대학 총장과 각별한 사이라는 소문이 파다한 해당 교수는 대학의 이미지를 추락시키는 적폐임이 틀림없다. 오로지 실력으로 학생과 소통하는 킹스필드와는 완전히 반대편에 위치한 인물이다.

교수가 갑의 위치를 점할 수 있는 무기는 다양하다. 학점, 논문 평가, 조교 및 강사 채용 등이 그것이다. 반대로 학생이 문제 교수에게 자신의 권리를 피력할 수 있는 수단은 그리 많지 않다. 교수 평가제가 시행되고 있다지만, 엉터리 강의와 독설을 일삼는 무능 교수를 대체할 수 있는 합리적인 제도는 갖추지 못한 실정이다.

　첫머리에서 소개한 영화의 무대는 미국 보스턴 일대로 유학하려는 학생들이 한 번쯤은 진학을 꿈꾸는 하버드대학교이다. 게다가 졸업과 함께 부귀영화가 보장된다는 법대가 배경이다. 금수저와 흙수저 영재가 고루 모인 학업 모임에서는 풍부한 법학 지식만이 자신의 존재감을 증명할 수 있는 근거이다. 킹스필드 교수의 강의실에서는 학생의 출신이나 교수와 사적인 관계가 예외 사항으로 통하지 않는다. 쏟아지는 과제를 하느라 새벽까지 책과 씨름하는 영화 속 법대생의 이미지가 신선해 보였다.

　삶의 열정이 내리막길을 걸으려 하는 기색이 보이면 어김없이 〈하버드 대학의 공부벌레들〉을 찾았다. 누구나 현실 속에서는 넘어지기도 하고 다치기도 한다. 하지만 어떤 자세로 다시 일어서느냐가 인생 후반부를 좌우한다. 킹스필드는 오로지 강의와 질문, 과제를 통해서 무거운 현실과 맞서는 방법을 전파한다.

지인은 논문 심사를 기다리는 연구생들이 갑질교수의 안식년만 기다리고 있다고 털어놓았다. 그가 사라져야 공정한 논문 평가가 가능하다는 신세타령이 이어졌다. 과연 한국 대학가에는 몇 퍼센트의 교수가 킹스필드에 근접하는 학문적 존경을 받는지 궁금하다. 물론 부단한 노력으로 학문에 매진하는 교수다운 교수가 있기는 하다. 그렇지만 이들만으로 대학의 미래를 감당하는 것은 역부족이다. 늦었지만 학생을 종처럼 취급하는 갑질교수를 통제할 전방위적인 제도를 갖춰야 한다. 엉터리 강의와 폭압을 일삼는 교수에 대한 학생들의 평가 결과가 투명하게 공개되어야 한다. 이를 통해서 실력 있는 교수가 대우받는 정상적인 대학으로 환골탈태해야만 한다. 동시에 취업학원으로 전락한 대학의 구조조정에 박차를 가해야 한다.

마지막 강의를 마친 뒤에 제자들의 기립박수는 고사하고 손가락질은 받지 말아야 하지 않을까. 그대의 이름은 이상한 대학에서 서식하는 교수님이다.

세 얼굴의 사나이

데이비드 배너[빌 빅스비, Bill Bixby] 박사는 절망의 나락으로 추락한다. 그는 교통사고로 전복된 차량에 갇힌 연인을 구출하는 데 실패한다. 죄책감에 시달리던 박사는 위급 상황에서 초인적인 능력을 발휘한 사람들에 대한 조사에 몰두한다. 연구 과정에서 방사선의 일종인 감마선이 원인이라는 사실을 발견한 배너. 그는 감마선에 노출되면서 스스로 '헐크[루 페리그노, Louis Jude Ferrigno]'라고 칭하는 초능력자로 변신한다.

소개한 내용은 1978년부터 1982년 사이에 대한민국 안방을 점령했던 미국산 드라마의 줄거리이다. 제목 하여 〈두 얼굴의 사나이The Incredible Hulk〉. 위급 상황에 처하면 앙다문 이빨과 확장된 근육을 보여주는 장면이 드라마의 압권이었다. 헐크가 괴력을 발휘할 적마다 악당들은 추풍낙엽처럼 쓰러졌다. 다음 주에는 언제쯤 주인공이 헐크로 변하는지를 상상하며 남은 일주일을 지워나갔다. 시청자는 스스로가 적폐의 대상을 괴력으로 제압하는 헐크이기를 원했다. 〈두 얼굴의 사나이〉는 〈6백만 불의 사나이 The Six Million Dollar Man 〉〈소머즈 Bionic Showdown 〉에 이어 초능력자 돌풍을 일으킨다.

그 당시 미국산 방영물의 범람은 대단했다. 20세기 대한민국 대중문화의 화살표는 일본에서 미국으로 향한다. 1970년대 독재정권은 반일감정을 정치도구로 적극 활용하면서 대중문화의 촉을 미국으로 향하게 만든다. 무려 87부작이나 되는 이 드라마의 성공 요인은 무엇일까. 시청자는 액션드라마를 보면서 두 가지 만족감에 빠져든다.

첫째, 드라마의 현실성

제작진은 시청자와 수평적 교감이 가능한 사실적인 줄거리와 인물을 배치한다.

둘째, 드라마의 환상성

제작진은 초현실이라는 마취제를 시청자에게 반복적으로 주입한다. 지금까지도 현실성과 환상성은 방송 시청률을 좌지우지하는 중요한 요인이다.

이러한 두 얼굴의 존재는 드라마 바깥세상에도 버젓이 존재한다. 문제는 헐크에 버금가는 힘을 이상한 방향으로 소진한다는 데 있다.

먼저 패권주의국가이다. 1945년 모스크바삼상회의가 그 예이다. 회의 결과 향후 5년간 미국, 영국, 소련, 중국 4개국이 대한민국을 신탁통치한다는 결론을 내린다. 일본이 떠난 자리에 이름만 바꾼 강대국들이 과실을 따먹겠다는 의도였다. 폭력적인 신탁통치안은 대한민국의 반대로 성사되지 못한다.

다음은 세계화라는 이름으로 등장한 다국적기업이다. 저렴한 인건비를 착취하려고 개발도상국에 전진기지를 차리고 산업혁명 시대에 버금가는 살인적인 노동을 강요한다. 산재 사고나 노조 설립에도 의연하게 대처할 생각이 없다. 만화 《송곳》에 등장하는 프랑스 기업의 행태를 보라. 20세기 초반 중남미에서 경제적 착취, 내정 간섭,

분쟁 조정을 일삼던 미국산 다국적기업 UFCO United Fruit Company 또한 빼놓을 수 없다.

권력자의 두 얼굴에도 주목할 필요가 있다. 영화 〈내부자들〉에는 국회의원, 부패 언론인, 재벌, 정치검찰이 단체로 등장한다. 마치 김지하의 저항시 〈오적〉을 스크린에서 재현한 분위기이다. 이들 간의 물고 물리는 암투의 피해자는 결국 국민이다. 큰 그림은 정치인이라는 권력의 피조물이 만들어낸다. 이를 측면 지원하는 내부자는 부패 언론인과 재벌이다. 뒤처리는 정치검찰의 몫이다. 대형 사고가 터지거나 위기에 몰리면 순서가 뒤바뀌거나 동시다발적으로 움직이는 일도 빈번하다.

마지막은 위에서 등장한 세력으로부터 항시 이용당하는 소시민이다. 이들은 강대국의 입김이 멈추지 않는 지정학적 환경으로부터 자유롭지 못한 외부자들이다. 중산층 붕괴, 부익부 빈익빈의 단초인 신자유주의와 다국적기업의 희생자인 동시에 내부자들이 배후 조종하는 권력의 피해자이다. 게다가 정경유착을 선호했던 최고권력자가 조성한 불공정사회라는 그늘에 가려진 미약한 존재이다.

분노공화국과 분노조절장애라는 사회현상은 대한민

국이 걸어온 부침의 역사를 반증하는 사례이다. 여전히 두 얼굴만으로 버티기 힘든 세상이다. 헐크는 사회적 분노의 상징이다. 하지만 분노의 대상은 미국 사회만을 위협하는 존재에서 그친다. 애석하게도 한국 사회를 분노의 막장으로 몰아넣은 주역들은 드라마의 소재가 아니었다. 이를 한국에서 영화화한다면 아마도 제목은 〈세 얼굴의 사나이〉가 적당할 것이다.

만들어진 슈퍼히어로

지구인은 영웅서사의 그늘 아래 살고 있다. 영웅의 종류는 다양하다. 가상과 실재가 뒤섞인 존재들이 영웅의 외피를 덧입고 있다. 공통점이라면 상징과 조작이 가능하다는 점이다. 베니토 무솔리니 Benito Amilcare Andrea Mussolini 는 파시스트의 지지를 방패 삼아 전쟁을 일으킨다. 배트맨은 슈퍼히어로라는 영웅신화의 현대적 상징으로 극장가를 점령한다. 모두 대중의 지지하에 존재감을 드러냈다는 공통점이 있다.

　슈퍼히어로의 등장은 세계대전과 냉전 시대와 맥을 같이한다. 법과 질서를 수호하는 자경단에 가까운 미국산 슈퍼히어로는 현대 문화의 대체물로 소비된다. 하지만 슈퍼히어로의 초능력은 체제 모순보다는 악으로 설정한 특정 세력의 대항마로서만 사용된다. 이러한 한계를 극복하기 위해 냉전 시대 이후 슈퍼히어로는 자신의 정체성을 고민하는 대상으로 탈바꿈한다.

2019년 화제의 영화는 베니스영화제 황금사자상Leone D'oro Gran Premio Internazionale di Venezia을 수상한 〈조커Joker〉였다.

데이트하지 못한 슬픈 남자가 킬러 히어로가 되는 영화, 역겹다.

〈타임〉지는 이 같은 의견과 함께 100점 만점에 20점이라는 평점을 남긴다. 정신질환자가 연쇄살인을 저지르는 설정은 배트맨류의 영웅서사와는 거리감이 있다. 하지만 계단 위에서 춤을 추던 조커의 모습은 가난과 차별이라는 계급사회의 거울이라는 공감대를 일으킨다.

제임스 본드는 어떤가. 국가와 인종의 갈등을 선과 악의 구도로만 설정하는 〈007〉 시리즈는 비판의 여지가 적지 않다. 2007년 파리에서 열린 007학술대회에서는 '대영제국 해체를 경험한 영국인에게 대리 만족을 줬다'는 분석이 나온다.

소련 붕괴 이후 007은 새로운 적을 찾아 나선다. 그는 영화 〈007 네버 다이Tomorrow Never Dies〉에서는 미디어재벌과, 〈007 언리미티드The World Is Not Enough〉에서는 석유재벌과 사투를 벌인다. 9·11 이후에는 국제테러조직이 등장한다. 2003년 한국에서 개봉한 〈007 어나더 데이Die Another Day〉는 개봉 전부터 상영 반대 여론에 휩싸인다. 동남아시아의 물소가 등장하는 한국 농촌과 불교 비하를 포함하여, 한반도에 대한 오리엔탈리즘orientalism으로 가득 찬 영화로 추락한다. 만약 영화 〈기생충〉의 무대가 런던 빈민가였다면, 귀족계급에 대한 냉소가 대사에 포함되었다면, 이를 서양 문화에 대한 모욕으로 해석하려는 여론이 등장했을 것이다.

영국과 미국의 정치적 선전물로 활용했던 〈007〉 시리즈는 영화사의 유물로 남을 상황에 처해 있다. 제국주의와 자본주의 이데올로기의 광고물로 내세운 스파이 영웅서사의 말년은 씁쓸한 여운만이 감돈다. 제임스 본드는 세계평화를 위해 헌신하는 난세의 영웅일까, 아니면 대영박물관을 가득 채운 수탈 문화재처럼 제국의 전성시대를 그리워하는 살인병기에 불과할까.

배트맨과 007이 미국과 영국을 대표하는 슈퍼히어로

라면, 일본에는 아톰이 존재한다. 일본 최초의 텔레비전 애니메이션으로 등장한 아톰은 미래도시에서 지구를 지키려고 분투하는 영웅으로 그려진다. 아톰의 서사에는 파시즘에 심취했던 제2차세계대전 패전국의 재건이라는 염원이 녹아 있다. 10만 마력과 일곱 가지 초능력을 겸비한 아톰은 가전제품 개발에 몰두했던 일본 사회의 축소판이다.

할리우드 관계자는 "마블의 성공 사례에서 보듯이 시리즈의 필수 요건은 대중과 소통이 가능한 캐릭터 구축"이라고 언급한다. 앞으로도 수많은 슈퍼히어로물이 대중문화의 전달자로 등장할 것이다. 문화 종속의 치명적인 도구인 영어를 구사하는 슈퍼히어로 시리즈의 재탕 현상은 살아 숨 쉬는 영웅이 사라진 현실을 설명해준다. 이제 배트맨과 007을 능가할 만한 실제 영웅은 쉬이 모습을 드러내지 않는다.

그런다고 세상이 바뀌겠어요?

영화 〈1987〉에 나오는 연희^{김태리}의 대사이다. 진짜 세상은 슈퍼히어로의 외침과 주먹질로 바뀌지 않는다. 우리 곁에 함께하는 작은 이웃들의 용기와 실천이 혼탁한 세상에 숨결을 불어넣고 빛을 드리운다. 그들이 진정한 21세기의 슈퍼히어로이다.

오래된 소설

서울 상수동에 둥지를 텄다. 이삿짐 중에서 가장 덩치가 큰 녀석은 다름 아닌 책이었다. 책장 열두 개에 빼곡히 들어찬 책을 마주하며 생각을 둘로 정리했다.

첫 번째는 다시 읽고 싶은 책. 요놈들은 내년에도 늠름한 자태를 뽐내며 서재를 수호할 것이다. 두 번째는 서재를 떠나야 하는 책. 살생부는 권력자의 수첩에만 존재하는 게 아니었다. 아쉽지만 이 친구들은 중고서점이나 인터넷 장터로 보낸다. 거기서도 간택받지 못한 책은 지인이나 도서관에 기증한다. 거창한 이별 의식 따위는 없다. 수 초간 멍하니 책 표지를 바라보는 게 의식의 전부이다. 고민의 시간이 늘어지면 판단이 흐려지기 십상이다. 그렇게 수많은 책을 떠나보냈다.

이사를 핑계로 수십 권의 책과 헤어졌다. 그중에서 타지로 보내기가 유독 아쉬운 작가의 소설책이 있었다. 모일간지에 보수의 재탄생을 외치는 글을 실은 해당 작가를 향한 격문이 저잣거리를 떠도는 중이었다. 격문을 비난하는 이들이 적지 않다는 핑계로 책을 정리하자니 영 꺼림칙했다. 특히 장편 《젊은 날의 초상》은 문학에 탐닉하던 대학 시절에 등장한 성장소설이었다. 수려한 문장과 지적 감성이 넘치는 소설 속 풍경은 방황하는 청춘에게 작은 물음표를 선사했다.

어떻게 할까. 일주일의 장고 끝에 결론을 내렸다. 《젊은 날의 초상》과 《사람의 아들》 두 권만 남기고 나머지 작품은 모두 정리하기로 했다. 완전히 남거나 사라지는 고민을 모두 한 끝에 내린 결정이었다.

연말 내내 방출할 소설을 다시 읽었다. 문학적 미사여구가 넘치는 초기작은 정치적 편향이 갈기갈기 드러나는 후기작과는 분명 차이가 있었다. 민주화 운동이 한창이던 초기작은 허무주의적 가치관이 지배하는 이른바 비운동권 문학이었다. 거리로 뛰쳐나가 화염병을 던질 만한 배짱이 없던 내게 그의 작품 세계는 아웃사이더의 놀이터 같은 곳이었다. 그렇게 정치와 역사에 무감했던

1980년대가 기억 저편으로 사라졌다. 문학 서적에 탐닉했던 독서 취향은 사회과학서로 털갈이를 하고, 스스로가 사회적 변방에서 서식하는 이끼 같은 존재라는 것을 깨닫는 데 무려 20년이라는 시간이 필요했다. 그렇게 나는 조금씩 다른 사람이 되어갔다.

글쟁이의 꿈이란 무엇일까. 아마도 오랜 세월 독자의 뇌리에 남을 만한 빛나는 소설을 완성하는 것일 테다. 그렇게 독자, 세상, 소설이 삼위일체를 이룰 때 고전이라 일컫는 문학의 역사가 이루어진다. 남은 소설과 사라진 소설. 지금 우리 사회는 서재를 지키는 오래된 소설 같은 존재가 절실하다.

언제나 서재 한구석에서 평등하고 건강한 미래를 밝혀주는 오래된 소설 같은 사람. 아마도 그는 역사의 소용돌이 속에서도 묵묵히 정의로운 길을 걸어갈 것이고, 개인의 욕망보다는 사회적 가치를 추구하는 철학을 가진 인물일 것이다. 그는 우리가 미처 몰랐던 미지의 인물일 수도 있고, 가까운 이웃일 수도 있다. 더 나아간다면 미래의 자신일 수도 있음을 첨언해본다. 오래된 소설은 죽지 않는다. 다만 사라져갈 뿐이다.

그냥 사라저도
괜찮은 존재

2014년부터 서울 잠원한강공원에서 흥미로운 행사가 열리기 시작했다. 이름 하여 '한강 멍 때리기 대회'.

무려 3시간 동안 휴대전화를 포함한 모든 존재로부터 스스로를 차단한 채 격렬하게 아무것도 하지 않는 대회이다. 세부 규칙은 휴대전화 확인, 졸거나 수면, 잡담, 웃기, 시간 확인, 노래 부르거나 춤추기, 주최 측에서 마련한 음료 외의 음식물 섭취, 기타 상식적 멍 때리기에 어긋나는 행동에 대한 금지이다.

2014년 서울광장에서 처음 열린 이후 해마다 개최하는 멍 때리기 대회는 현대인의 뇌를 쉬게 하자는 데 의도가 있었다. 멍 때리기란 말 그대로 아무것도 하지 않는 상태를 오래 유지하는 것이다. '오죽이나 바쁘게 살았으면 이런 대회까지 열렸을까'라는 생각보다는 '내년에는 반드시 대회에 참가해야겠다'는 생각이 앞선다. 그렇다. 보다시피 현대인은 반강제로 주변 환경을 차단하지 않는다면 멍 때릴 권리나 자유마저 박탈당한 채 지내야만 한다.

멍 때리기는 어떤 효과가 있을까. 연구에 따르면 멍 때리기는 뇌 혈류의 흐름을 활발하게 만들어 아이디어나 기억력 향상에 도움이 된다고 한다.

이번에는 반대로 생각해보자. 멍 때릴 여유를 방해하는 존재는 무엇일까. 늘 곁에서 손가락 운동을 강요하는 실체. 분 단위로 검색을 반복하지만 잠자리에 들면 기억에서 사라지는 존재. 독서 문화를 뿌리째 앗아간 매체. 문제 유발자의 이름은 21세기 문명의 절반에 해당하는 휴대전화이다.

휴대전화가 사라진 일상을 상상해보자. "나는 오늘부터 휴대전화 없이 살아요"라고 양심선언을 하는 순간, 정보화사회를 우습게 여기는 낙오자로 취급받을 확률이 치솟는다. 문자를 주고받던 기껏해야 하루 평균 열 명 이내일 확률이 높다 플러스친구들이 순식간에 사라진다. 포털사이트 검색어 순위와도 이별이다. 충동구매를 자극하는 물건을 발견해도 사진 촬영이 어렵다. 모르는 길은 휴대전화의 도움 없이 알아서 찾아가야 한다. 동네 맛집 검색도 포기해야 한다. 동료나 상사에게 통화나 문자 거부로 인한 업무 태만자로 찍힐 것을 각오해야 한다.

이번에는 장점을 찾아보자. 휴대전화를 제거했다고 인생까지 끝장난 것은 아니다. 이제부터는 그냥 생긴 대로 사는 안빈낙도의 삶이 있다. 손가락 통증의 공포에서도 해방이다. 눈이 침침해지는 일이 줄어든다. 고문에 가까운 광고문자, 이미지, 전화에서 해방이다. 지인을 만나면 대화에 집중하기가 수월하다. 그 덕분에 사려 깊고 진지한 사람으로 변신할 수도 있다. 통신요금을 전액 아낄 수 있다. 휴대전화를 지갑처럼 하루 종일 챙기지 않아도 된다. 무엇보다 자신과 세상에 관해 사유할 만한 귀한 시간이 주어진다. 정리하다 보니 생각보다 장점이 적지 않다.

휴대전화를 포함한 미디어 매체의 비약적인 발전은 현대인을 정보종속형 인간으로 추락시켰다. 휴대전화를 통해 쏟아져 나오는 실시간 정보의 포로가 되었기 때문이다. 지인을 만나도 시선은 휴대전화 정보 검색에 머물 때가 더 많다. 상대방의 시선을 두루 살피며 교감하던 시대에서, 상대방과 휴대전화가 비슷한 인격체로 취급받는 반인반물의 시대로 넘어갔다. 사람 위에 휴대전화가 있고, 사람 옆에도 휴대전화가 있고, 사람 아래에는 가짜뉴스와 황색 언론이 흘러넘친다.

이제는 직장과 재택근무라는 두 가지 형태의 일터만이 존재하지 않는다. 휴대전화 하나로 업무가 가능한 '스마트 모바일 시대'가 도래한 것이다. 오죽하면 19대 대선 공약에서 '퇴근 후 카톡 업무 지시 금지'를 공약으로 내건 대통령 후보까지 나왔을까. 휴대전화의 기능이 단순한 사진 촬영, 인터넷 검색, 통화 및 문자 송수신을 비롯하여 결제 기능, 위치 추적, 가전제품 조종, 영상 교육, 가상현실, 인공지능에 이르기까지, 그 사용도가 인간의 상상력을 앞서가는 상황에 이르렀다.

그렇다면 휴대전화가 현대인의 외로움을 메꿔주는 두 번째 인류가 될 수 있을까. 이 질문에 대해서는 공감하기가 쉽지 않다. 이미 21세기 인간은 대면 접촉을 통한 교류 방식을 포기한 지 오래라는 이유에서다. 휴대전화를 인간에 버금가는 존재로 자리매김하려는 습성에 대한 근본적인 변혁이 없는 한, 인류의 미래는 그리 낙관적이지 않다.

우리는 휴대전화 없이도 잘 살아왔다. 어디서부터 다시 시작해야 할지를 고민하지 않아도 괜찮다. 적어도 일주일에 한 번 정도는 휴대전화 없는 삶을 시도해보는 거다. 쉽지 않겠지만 그 효과는 실천하는 자의 몫으로 남겨놓자. 어차피 휴대전화란 녀석은 그냥 쓰윽 하고 사라져도 괜찮은 존재니까.

4.

사랑일까요,
연민일까요

조커를 찾습니다

슈퍼맨, 배트맨, 원더우먼의 공통점은 무엇일까. 정답은 모두 그럴싸한 악당이 등장한다는 점이다. 이 중 가장 기억에 남는 자는 '조커'라는 인물이다. 그는 악당치고는 특이한 면이 있다. 조커는 자신을 지지하는 수백만 명의 시민을 호위무사처럼 부린다. 언제나 입꼬리를 치켜올리면서 범죄를 저지른다. 당연히 자신이 저지른 악행에 대한 아무런 가책이 없다. 이 정도면 '악화가 양화를 구축한다'라던 그레샴의 법칙Gresham's law 을 조커에 대입해볼 만하다.

산업사회가 등장하고, 인종차별이 횡행하고, 패권주의의 물결이 세상을 지배하면서 조커에 버금갈 만한 실제 인물이 속속 등장한다. 파시즘의 대마왕 히틀러, 그는 비그너와 미술 창작을 좋아하는 자칭 예술인이었다. 우간다의 학살자 이디 아민Idi Amin Dada Oumee, 그는 무하마드 알리Muhammad Ali에게 도전장을 내민 권투 선수였다. 필리핀의 독재자 마르코스Ferdinand Edralin Marcos, 그는 변호사에서 정치인으로 변신했다.

이들의 공통점은 예술가, 운동선수, 법조인이라는 그럴싸한 포장지로 자신을 상품성을 높였다는 거다. 그러나 이들의 범행 기록은 배트맨을 집요하게 괴롭혔던 조커를 능가하고도 남는다. 제2차세계대전의 희생자는 무려 2,700만 명에 달한다. 당분간 히틀러를 능가할 만한 연쇄살인범은 핵전쟁을 제외하고는 등장하지 않을 것이다. 이디 아민은 대통령으로 재임한 8년 동안 30만 명에 달하는 대학살을 자행한다. 사형수의 머리를 잘라 냉장고에 보관했다니, 사이코패스 명예박사 학위를 받고도 남을 만하다. 일본보다 부유했던 필리핀을 경제후진국로 추락시킨 마르코스는 미국으로 망명했다가 귀국하는 정적 베니그노 아키노Benigno Aquino를 공항에서 암살한다.

위에서 소개한 사고뭉치 외에도 국가통수권자라는 자리를 이용해서 만행을 저지른 이들은 수없이 많다. 뇌 기능이 마비된 정치철학, 폭력에 대한 무감각, 악행을 선행처럼 행하는 독재자의 이중성은 조커와 매우 흡사하다. 굳이 차이점을 찾는다면 무한권력과는 관계없는 취미나 직업으로 국민의 눈과 귀를 속였다는 거다. 히틀러의 대변자인 괴벨스Paul Joseph Goebbels가 말하지 않았던가. "거짓말은 처음에는 부정되고, 그다음에는 의심받지만, 되풀이하면 결국 모든 사람이 믿게 된다"라고.

이들이 집착하는 정치의 민얼굴이 궁금해진다. 시작은 어렵지만 일단 쟁취하고 나면 지배자의 영혼을 쥐락펴락하는 요상한 생명체가 바로 정치이다. 피지배자를 멋대로 조종하는 재미가 쏠쏠하다. 비판 세력을 저지하기 위해 수단과 방법을 가리지 않아야만 자리보전이 가능하다. 폭력의 악순환을 즐겨야만 자자손손 독재정치의 그늘에서 호의호식할 수 있다. 거동이 불편해질 나이가 되어야 깨닫는다. 자신은 사람이 아닌 정치권력이 낳은 괴물이었다는 사실을.

우리의 현실을 복기해보자. 오로지 선과 악이라는 두 가지 명제에만 매달려 더 넓은 세상을 간과하지는 않았던가. 기사의 가치보다는 가십거리에만 집착하는 황색 언론에 휘둘리지는 않았던가. 행여나 진영 논리에 함몰되어 막연한 대리 만족에 빠지지는 않았던가.

초등학교 6학년 가을이었다. 나는 디킨스_{Charles John Huffam Dickens}의 《크리스마스캐럴_{A Christmas Carol}》 연극에서 주인공을 맡았다. 어떻게 해야 스크루지의 역할을 과장스럽게 표현할 수 있는지에만 집중했다. 돈에 환장한 늙은이의 모습에만 집중하다 보니 마지막 장면을 엉망으로 마무리했다. 나에게 스크루지는 영원히 악당의 이미지에서 벗어날 수 없는 고약한 늙은이였다. 하지만 기회가 생긴다면 이제는 그때와는 다른 스크루지를 연기해보고 싶다. 선과 악의 중간 지대를 오가는 인간 스크루지를.

영화에서 등장하는 조커는 스크루지와 비교가 안 되는 범죄의 상징이다. 그는 24시간 내내 악한 생각과 악한 행동을 멈추지 않는다. 그에게 가책이나 반성은 언어유희에 불과하다. 현실세계에 출몰하는 제2, 제3의 조커가 보여주는 색깔은 노란색이다. 노란색은 환상이다. 스스로 환상을 거세할 줄 모르는 자의 삶은 불행하다. 더 이상 불행해지지 않기 위해, 악당 전성시대라는 관념에서 벗어나기 위해, 마지막 순간까지 인간으로 남기 위해 우리 마음속의 꼬마 조커를 지워야만 할 것이다.

람보를 사랑한 대통령

이탈리아 로마행 보잉727 여객기가 갑자기 레바논 베이루트로 항로를 변경한다. 153명의 승객을 태운 비행기는 레바논 시아파 단체에게 피습을 당한다. 미국인 희생자 한 명을 제외한 탑승객 서른아홉 명은 무려 17일에 걸친 인질극에 시달린다. 때는 1985년. 레이건Ronald Reagan 대통령이 미국제일주의를 외치던 냉전 시대였다. 그는 "이 사건의 해결사로 영화 주인공 람보를 부르겠다"고 일갈한다. 신자유주의를 맹신하는 레이건은 〈람보First Blood〉를 가장 좋아하는 영화로 꼽았다. 배우 출신치고는 평범한 문화 취향을 가진 정치인이었다.

베트남전에 투입된 그린베레 출신의 존 람보실베스터 스탤론, Sylvester Gardenzio Stallone. 주연 실베스터 스탤론과 동갑

인 1947년생 람보는 독일계 미국인 어머니와 나비호 인디언 후손인 아버지 사이에서 태어난 인물이다. 그는 전쟁을 마치고 전우가 살고 있다는 마을로 향하지만 정작 람보를 기다리는 건 미국인의 차별과 냉대였다. 마지막 장면에서 람보는 자신의 상사 트로트먼 대령리처드 크레나, Richard Crenna의 회유 끝에 자수하는 인물로 그려진다. 이 작품은 경찰과 대치하던 람보가 자살하는 내용을 넣었다가, 예비 시사회 당시 반대 의견이 등장하여 결말 부분을 수정한다. 만일 소설 원작대로 개봉했더라면 람보는 레이건이 관심을 가질 만한 인물이 못 되었을 것이다. 람보는 자신은 이제 주차장 안내원으로도 취직할 수 없는 존재라고 자책한다. 영화에서 한 명 사망.

〈람보〉가 명분 없는 전쟁에 관한 오마주였다면, 속편 〈람보 2Rambo: First Blood Part II〉는 미국 패권주의 홍보영화로 둔갑한다. 수감 중이던 람보는 베트남에 억류된 미국인 포로를 구출하는 조건으로 가석방된다. 람보는 58명을 사살하면서 살인 본능을 뿜내는 미국의 영웅으로 재탄생한다. 인질구출 작전이 CIA의 공작임을 뒤늦게 알아차린 람보. 그는 자신이 국가를 사랑하는 만큼 국가도 자신을 사랑해달라고 경고한다.

20세기 말 미국의 패권주의는 1980년부터 1992년까지 탄탄대로를 질주한다. 그 중심에는 레이건과 부시라는 호전적인 인물이 버티고 있었다. 1982년 레이건은 영국 하원 연설에서 아우슈비츠와 캄보디아 사태를 비난한다. 그동안 미국이 남미 국가에서 저지른 정치 공작과 테러 지원은 연설문 어디에도 등장하지 않는다. 부시 부자가 대를 이어 저지른 침략전쟁의 역사도 이에 못지않다.

1988년에 등장한 〈람보 3Rambo III〉의 배경은 자신의 상사가 억류된 아프가니스탄이다. 이번에는 아프가니스탄에 거주한 소련군을 상대로 전투를 벌이는 람보가 나타난다. 〈록키Rocky〉 시리즈에 이어 〈람보Rambo〉 시리즈로 돈방석에 앉은 실베스터 스탤론은 인터뷰에서 "나는 좌도 우도 아닌 미국을 사랑하는 시민"이라고 발언한다. 미국이라는 초강대국의 이익만을 대변하는 연기에 충실하겠다는 태도였다. 소련군과 싸우는 람보는 78명을 살해한다. 트로트먼 대령은 람보에게 "너는 미국 정권이 전사로 만든 게 아니라 전사로 태어났다"고 칭찬한다. 살인 병기의 탄생 원인을 개인으로 귀착시키겠다는 아전인수에 가까운 발언이다. 마지막 자막 내용 역시 인상적이다.

이 영화를 용감한 아프가니스단인에게 바칩니다.

지금은 미국의 주적으로 추락한 민족에 대한 정치적 배려였다. 이 영화는《기네스북Guinness Book 》에 가장 잔인한 영화로 기록된다.

〈람보 4Rambo Ⅳ〉에는 무려 83명에 달하는 희생자가 나온다. 하지만 관객은 더 이상 람보에게 환호하지 않는다. 뻔한 오락영화로 전락한 람보의 무의미한 살상이 사회적 공감대를 상실했기 때문이다. 람보가 사라진 자리에 미국을 상징하는 영웅이 속속 등장한다. 레이건 행정부에서 외치던 '강한 미국'은 트럼프 행정부에서 '아메리카 퍼스트'라는 이름으로 간판을 바꿔 달았다. 표현만 다를 뿐 트럼프는 레이건과 부시 부자의 정치철학을 빼닮았다.

책《도널드 트럼프라는 위험한 사례The Dangerous Case of Donald Trump 》는 미국의 저명한 심리학자와 정신의학자 스물일곱 명이 트럼프를 진단한다. 이들은 병적인 자기애, 폭력성, 충동성, 과대망상에 빠진 미국 45대 대통령의 정신 상태를 해부한다. 문제는 람보가 상징하는 무한폭력이 미국, 중국, 러시아판 스트롱맨 시대의 창이자 방패라는 점이다.

속편 이후부터 배경화면을 바꾼 람보가 등장한다. 원하지 않는 전쟁이었던 베트남전의 피해자이자 귀순용사였던 람보는 더 이상 없다. 그는 다시 기관총을 움켜쥐고 미국 이외의 지역에서 해석이 불가능한 살인을 반복한다. 누구를 위한 전쟁인가를 물었던 1편의 람보는 더이상 찾을 수 없다. 오히려 람보의 행동 자체에서 전쟁의 무의미함이 드러나는 아이러니의 연속이다.

이제는 미국도 람보를 사랑하지 않는 대통령이 나와야 하지 않을까. 전쟁을 단순히 무기업체와 로비스트의 머니게임으로 생각하는 관행에서 탈출하는 것은 요원한 일일까. 스테로이드로 급조한 전투기계의 머릿속에는 무기왕국의 계산서 뭉치만이 들어차 있다.

머레이비언의 법칙

너는 미켈란젤로Buonarroti Michelangelo를 잘 알거야. 그의 걸
작품이나 정치적 야심, 교황과의 관계와 성적 취향까지도
말이야. 하지만 시스티나성당의 냄새가 어떤지는 모를걸?
한 번도 그 성당의 아름다운 천장화를 본 적이 없을 테니까.

공원 벤치에 두 남자가 나란히 앉아 있다. 숀 맨과이
어로빈 윌리엄스는 윌 헌팅맷 데이먼, Matt Damon과 대화를 시도
한다. 윌 헌팅. 수학, 역사, 법학에 이르기까지 천재적인
재능을 보여주는 청년의 이름이다. 성장기의 상처와 혼
란에서 벗어나지 못하는 윌 헌팅을 치료하려는 숀 맥과
이어 교수. 그는 윌 헌팅이 가진 방대한 지식의 한계를
꼬집는다. 이탈리아 미술가를 예로 들면서 경험과 감정

과 지식의 차이를 설명하는 숀 맥과이어. 그 순간 방어적이고 폐쇄적인 윌 헌팅의 표정이 달라진다.

구스 반 산트Gus Green Van Sant Jr. 감독의 〈굿 윌 헌팅Good Will Hunting〉은 소통의 의미를 암시하는 영화이다. 책에서 얻은 지식으로 자신을 방어하려 드는 윌 헌팅. 숀 맥과이어는 주기적으로 윌 헌팅과 소통을 시도한다.

네가 뭘 느끼고 어떤 사람인지 소설 《올리버 트위스트Oliver Twist》만 읽어보면 다 알 수 있을까? 그게 너를 전부 설명할 수 있을까?

숀 맥과이어의 발언에서 어떤 이론이 떠올랐다. 이름하여 '머레이비언의 법칙The Law of Mehrabian'이다. 심리학자 앨버트 머레이비언Albert Mehrabian 교수는 '인간이 어떤 메시지를 전하려 할 때 말의 의미보다 목소리, 음색, 표정과 같은 비언어적인 요소가 중요하다'는 사실을 발견한다. 지금처럼 문자 위주의 소통이 일반화되지 않았던 1971년에 등장한 이론이었다. 머레이비언에 따르면 윌 헌팅이 드러내는 문자 정보가 의사소통에서 차지하는 비중은 7퍼센트에 불과하다. 반면 음색과 목소리에 해당하는 청각 정보는 38퍼센트를 차지한다. 그리고 눈빛, 몸짓, 표정에 속하는 시각 정보의 비중은 무려 55퍼센트에 달한다. 문자 정보의 8배에 달하는 소통이 시각 정보를 통해서 이루지는 셈이다. 흔히 말하는 '첫인상'을 과소평가하면 안 된다는 이론이다.

1년 6개월간 메시지로만 소통했던 인물이 있다. 출간한 책의 교정·교열을 담당한 출판사 직원이었다. 정확하고 빠른 일처리에 늘 고마워하고 있었다. 그러던 차에 신간을 준비하면서 그와 대면할 기회가 생겼다. 예상대로 문자상으로 주고받던 느낌과는 다른 부분이 적지 않았다. 비언어적 요소의 중요성을 새삼 확인하는 시간이었다.

숀 맥과이어는 이미 머레이비언의 법칙을 이해하는 인물이었다. 그는 윌 헌팅과 첫 만남에서 내면의 공허함을 메우려고 피상적인 지식에 집착하는 타인의 자아를 발견한다. 만일 두 남자가 비대면 인터뷰를 진행했다면 어떤 결과가 나왔을까. 치료는커녕 오해의 골만 깊어졌을지도 모를 일이다. 숀은 마지막 상담에서 청년을 끌어안는다. 말이 아닌 행동으로 위로를 건네는 비언어적 표현이었다.

하지만 주인공은 '백인'이라는 인종자본과 '천재'라는 지적자본의 소유자이다. 여기에 '미국인'이라는 국적자본까지 장착한 선택받은 인물이라는 지적에서 자유로울 수 없다. 따라서 주인공은 소통의 비교우위를 점한 자에 해당한다. 결국 윌은 자신이 포기했던 인연을 찾아 캘리포니아로 향한다. 엘리엇 스미스Elliott Smith의 주제곡 〈비트윈 더 바Between The Bars〉가 인상적인 영화 〈굿 윌 헌팅〉.

머레이비언의 연구 결과가 나온 지 약 50년이 흘렀다. 과연 무엇이 변했을까. 과학기술의 발전으로 SNS를 활용한 실시간 소통이 일반화되었다. 대면보다 비대면 소통에 익숙한 Z세대가 등장했다. 깊이가 사라진 인간관계가 자리를 잡았다. 비대면 소통에서 발생하는 오해나 착각의 사례는 수도 없이 많다. 바쁘고 복잡한 세상에서 대면 소통만을 반복하기도 쉽지 않다. 머레이비언의 법칙이 여전히 유효한 세상에서 우리는 어떤 선택을 해야 할까. 이는 편리한 단절보다 불편한 소통을 고려하는 현대인의 마음에 달려 있다.

작가란 무엇인가

작가라는 직업군을 특별한 영역으로 인식하던 시절이 있
었다. 그 당시에는 인터넷이나 휴대전화라는 매체가 존
재하지 않았다. 필사즉생의 정신으로 한 땀 한 땀 원고지
빈 칸을 채워나가던 아날로그의 시대였다. 어떤 작가는
얼음밥을 끼니 삼아 단절된 세상을 노래했고, 어떤 작가
는 탈장의 고통 속에서 한국 현대사를 32권 분량의 소설
로 풀어냈다. 이들은 모두 전업작가라는 평생의 꿈을 이
뤘다. 모름지기 작가라면 빛나는 문장을 잉태하려고 무
박 3일 정도는 술독에 빠져 지내도 상관없다는 불문율이
있었다.

　이러한 작가의 전설은 인터넷이라는 거인의 등장 이
후 점차 사라졌다. 실시간으로 자신의 글재주를 드러낼

수 있는 공간이 나타난 것이다. 신세대 작가들은 원고지와 이별을 선언했다. 웹소설이나 인터넷 게시판을 통해서 자신의 필력을 뽐내는 필자들이 모습을 드러냈다. 미디어의 발전으로 작가의 탄생 과정에 근본적인 변화가 일어났다. 세상은 더 이상 글만 잘 쓰는 작가를 원하지 않았다. 유명인이냐 아니냐가 작가의 가능성을 증명해주는 바로미터가 되었다. 유명인의 이름으로 등장한 책이라면 필력과는 상관없이 일정 수준의 판매고가 보장되었다. 대형 스캔들의 주인공이라면 말할 것도 없이 출판계의 격렬한 환영을 받았다.

책 《작가란 무엇인가The Paris Review Interviews》에는 열두 명에 달하는 유명 작가의 인터뷰 내용이 실려 있다. 이들의 공통점은 펜으로 원고지 빈 칸을 채우던 20세기형 작가라는 점이다.

천문학적 인세를 받는 하루키 역시 신인 시절에는 원고지를 사용하던 작가였다. 그는 인터뷰에서 이렇게 말한다. "나는 보다 실제적이고, 동시대적이고, 포스트모던한 경험을 글감으로 다룬다"라고. 역사관에 관한 영양결핍에 시달리는 작가치고는 꽤나 진중해 보이는 발언이다. 헤밍웨이의 인터뷰도 인상적이다. 그는 "매우 견고하게 쓴 글에 대해서는 무슨 말을 하더라도 아무 상관없지만, 연약하게 쓴 글은 만일 그것에 대해 말해버리면 그 구조가 깨져서 아무것도 남지 않게 된다"고 주장한다. 기자 출신다운 강단이 드러나는 발언이다. 만약 일본의 선술집에서 헤밍웨이와 하루키가 제2차세계대전의 해악에 대해서 논쟁을 벌인다면 볼만하지 않을까 싶다. 마지막으로 가브리엘 마르케스Gabriel García Márquez를 소개한다. '마술적 리얼리즘magic realism'이라는 남미문학의 대가다운 마르케스의 발언도 경청할 만하다. 그는 "내 유명세가 커지면서, 더 많은 독자를 위해 글을 쓴다는 사실은 문학적이면서도 정치적인 책임감을 준다. 저널리스트로 활약했던 경험은 나 자신이 현실과 긴밀한 관계를 유지하도록 늘 도와주었다"라고 털어놓는다.

인터뷰에 등장하는 하루키, 헤밍웨이, 마르케스의 공통점은 오로지 문장으로 진검 승부를 했던 원고지 세대라는 점이다. 그들은 자신만의 독특한 시대정신이 있었거나, 시대정신에 대해서 침묵을 유지했다는 차이점을 드러낸다.

일본인임에도 불구하고 일본문학 자체를 멀리했던 하루키는 고백한다.

나는 전공투 시대의 방관자였다.

헤밍웨이는 단언한다.

소위 정치적인 작가란 자신의 정치관을 자주 바꾸기에, 이런 글은 무시해도 상관없다.

가장 주목할 만한 인물은 바로 마르케스이다.

나이가 들어갈수록 점점 더 문학과 저널리즘journalism이 긴밀하게 연계되어간다.

결국 세상의 모든 저널리즘은 문학적 표현이나 감성을 내재하지 않고는 설득력이 떨어진다는 반증이다. 건조한 형식의 저널리즘이 주류인 한국 언론계에도 생각할 여지를 주는 대목이다. 〈뉴욕타임스The New York Times〉나 〈보스턴글로브The Boston Globe〉는 문학적 표현을 골격으로 한 저널리즘을 중시하는 대표적인 매체이다. 문학적 감수성이 스며든 칼럼은 독자에게 인생을 성찰할 수 있는 역할을 해준다.

작가란 무엇인가. 현실과 역사와 가치관의 끊임없는 불협화음을 마다하지 않는 존재이며, 권력 앞에서 자신의 필체를 바꾸지 않는 지식인이다.

작가란 무엇인가. 지식의 굴레에서 탈피하여 의식의 경지에 다다를 수 있는 혜안을 가진 현자이다.

마지막으로 작가란 무엇일까. 현재를 살면서도 과거와 미래를 통찰하는 언어의 인간이다.

문화중독자
봉호 씨

독서의 이유

책 읽기가 예전처럼 쉽지 않다. 시간이 흐를수록 체력은 떨어지고 집중력도 예전 같지 않다. 가장 우려되는 부분은 독서라는 행위이다. 신간 서적은 매일 쏟아지고, 읽어야 할 책 목록은 500권 넘게 대기표를 달고 있다. 과학의 힘으로 수면 시간이 사라지거나 자면서도 독서를 할 수 있다면 적어도 1년에 300권 이상 책 읽기가 가능할 텐데.

독서의 목적은 사람마다 천차만별이다. 가장 피곤한 독서가는 지식 자랑에 심취하는 자이다. 책에서 얻은 자투리 지식을 전가의 보도처럼 아무 때나 휘두른다. 무술 영화로 치면 저잣거리에 처음 등장한 칼잡이와 다를 바 없다. 고가의 명품이 인격 형성의 필요악인 것처럼, 단순히 지식 차원에서 맴도는 말을 무한 반복한다. 독서와 인격이 따로국밥의 모양새를 취하는 격이다.

다음은 자기계발서 외에는 상종하지 않는 자칭 현실주의자이다. 자기계발서는 독자에게 환상을 강요한다. 누구나 1만 시간의 법칙만 따른다면 자본주의사회에서 주목받는 존재로 변신한다는 유혹의 언어를 뿌려댄다. 당신은 선천적으로 열등하기 짝이 없는 실패작이므로 자기계발서를 완독해야 한다고 겁박한다. 현실주의자의 독서란 일등만을 기억하는 세상에서 살아남는 방법의 학습 과정이다.

수집형 독서가도 빼놓을 수 없다. 틈만 나면 서점에서 시간을 보낸다. 생활비보다 책값에 더 많은 돈을 쓴다. 읽은 책보다 산 책이 압도적으로 많다. 원하는 절판 도서를 발견하면 지체 없이 지갑을 연다. 가족으로부터 모진 무시와 박해를 당해도 끄떡없다. 그는 인생의 빈 공간을 책으로 채워야 한다는 철학의 소유자이다.

독서를 연중행사로 여기는 경우도 있다. 이들은 바쁘다는 말을 입에 달고 산다. 바쁘다는 언어를 자기과시나 자기포장 용도로 써먹는다. 번잡한 상황을 마음껏 자랑하는 동시에 독서를 멀리할 핑계로 악용한다. 당연히 대화에서 활용할 수 있는 단어의 종류가 그리 많지 않다.

물론 생계를 위해 장시간의 노동을 해야만 하는, 진짜로 바쁜 경우는 예외이다.

베스트셀러만 읽는 독자는 어떨까. 이러한 쏠림 현상은 앞으로도 쉬이 바뀌지 않을 것이다. 공통의 관심사에서 뒤처지지 않으려고 베스트셀러를 찾는 경우도 허다하다. 아쉬운 점은 영화시장처럼 베스트셀러에 파묻혀 도서시장에서 자취를 감춰버리는 양서가 부지기수라는 사실이다. 독서 초심자에게 베스트셀러는 어쩔 수 없는 선택지일지도 모르겠다. 독서의 폭이 넓고 깊어진다면 해결 가능한 사례이다.

이 외에도 다양한 독서 행위가 존재한다. 그렇다면 독서가의 정의는 무엇일까. 내가 생각하는 독서가란 독서 자체를 사랑하는, 목적 없는 독서에 심취한 사람이다. 그들에게 책은 두 번째 세상과 만나는 지혜와 사유의 공간이다. 누가 강요하지 않아도 공기처럼 책을 품고 마신다. 당연히 자신만의 시간을 거둘 줄 아는 후회 없는 인생을 택한 인물이다.

대통령의 독서가 화제에 오르고는 한다. 책《대통령의 독서법》에 따르면 김대중 전 대통령은 다독가였으며, 노무현 전 대통령은 인문서를 좋아했고, 이명박 전 대통령

온 피터 드러커Peter Ferdinand Drucker 류의 경영서를 읽었다. 독서 성향에 따라 정치인의 색깔과 사상이 드러나는 건 어쩔 수 없나 보다. 어디 정치인뿐이랴. 독서는 개인의 삶에 다양한 색깔을 입혀주는 일종의 물감과 마찬가지이다.

올해도 어김없이 빛나는 신간이 서점에 속속 등장하고 있다. 그만큼의 독서가가 탄생할 것이고, 그만큼의 지식사회가 형성될 것이다.

키케로Marcus Tullius Cicero는 말했다.

책이 없는 방은 영혼이 없는 육체와 같다.

영혼과 육체의 경계를 무너뜨리고 싶다면 독서가 우선이다. 잠시 휴대전화를 내려놓고 텔레비전 전원을 끄자. 이번 주말에는 하워드 진Howard Zinn의 책과 함께 아래로부터의 역사와 만나는 시간을 가져보자.

윌리엄 버로스 문학의
증인들

1914년 미국 세인트루이스 사업가 집안에서 출생, 1936
년 하버드대학교 문학부 졸업, 소설 창작으로 비트제너
레이션의 주역으로 등장, 작가이자 배우이며 미술가인
동시에 음악가로 활동, 1974년 뉴욕시립대학교에서 문
예창작과 교수 역임, 1983년 미국문예아카데미American
Academy and Institute of Arts and Letters 회원으로 선출, 앤디 워홀
과 수전 손태그Susan Sontag 그리고 톰 웨이츠와 교류.

소개하는 인물은 윌리엄 버로스William Seward Burroughs
이다. 얼핏 보면 미국을 대표하는 20세기 지식인의 외양
을 하고 있다.

마약중독자, 장물과 모르핀 주사기 밀거래, 뉴욕 지하
철역 권총 강도, 텍사스에서 마리화나 재배, 마약 소지

혐의로 미국에서 추방, 1950년 총기 오발 사고 살인범으로 구속 수감, 1953년 마약을 소재로 한 자전소설《정키 Junky》 발표, 이후 사디즘 sadism 과 섹스와 퀴어 queer 그리고 마약과 폭력을 소재로 한 연작소설 출간.

금기와 범법의 경계를 넘나드는 사건 사고의 주인공 역시 동일 인물이다.

문학의 본령이 추함을 제거한 제한적인 미의 추구라면, 윌리엄 버로스는 저주받은 작가에 해당한다. 그는 소설을 통해서 제2차세계대전 이후 풍요와 기회의 땅으로 알려진 미국의 두 얼굴을 분해한다. 예상대로 그의 문학 세계는 극단적인 평가를 받는다. 금욕, 교리, 순종을 강조하는 청교도 문화에 반하는 젊은 작가의 반문화 정신은 다양한 문학적 증인을 양산한다.

먼저 그의 작품을 비판하는 증인이다. 영화로도 제작되었던 문제작《네이키드 런치 Naked Lunch》는 1962년 미국에서 출간하자마자 외설문학이라는 이유로 판매 금지된다. 작가는 칸나비스 cannabis 라는 환각제를 복용하면서 글을 완성한다. 대법원은《네이키드 런치》의 주제가 성에 대한 음란한 관심을 호소하며, 동시대 공동의 기준을 침해하는 동시에, 사회적 가치를 고양하는 면이 전혀 없다는 이유에서 외설물로 분류한다. 소설《네이키드 린치》는 당시 금기시했던 동성애와 마약 복용에 관한 소재가 빈번하게 등장하는 일종의 실험소설이었다.

처음 읽었을 때 이 책이 대단히 수준 높은 작품이라고 느꼈는데, 다시 읽으면서 이 책이 훨씬 더 대단한 문학 작품이라는 느낌을 받았습니다. 작가는 매우 특출한 재능이 있습니다. 아마 미국에서 가장 재능 있는 작가일 겁니다.

풀리처상The Pulitzer Prizes 수상 작가 노먼 메일러Norman Kingsley Mailer 의《네이키드 런치》에 관한 법정 지지 발언이다. 그는《네이키드 런치》를 "제임스 조이스James Augustine Joyce 의 소설보다 더 복잡한 구조를 가진 작품"이라 평한다.

두 번째로 등장하는 증인은 동시대 작가군이었다. 앨런 긴즈버그Allen Ginsberg 역시 법정에서 증언한다.

《네이키드 런치》는 타인의 영혼을 통제하려는 열망과 허영에 사로잡힌 군상에 대한 극적인 묘사가 나타난 소설입니다. 또한 현대의 독재제도와 경찰국가에 대한 작가의 과

획적인 설명이 제시되어 있습니다.

그와 동시에 윌리엄 버로스는 사실주의자이지 급진주의자는 아니라고 강변한다. 앨런 긴즈버그는 1950년대 미국 비트제너레이션을 상징하는 시인으로 반문화적인 작품을 내놓았던 인물이다.

마지막으로 독자의 관점에서 그의 문학은 어떤 의미일까. 당연히 문학에는 정답이 없다. 지금도 그의 작품은 양비론에 휩싸여 극단적인 독자 평이 오간다. 비판과 지지가 엇갈리는 가운데 윌리엄 버로스의 소설은 여전히 문학계에서 주목받고 있다. 저자의 문학적 실험이 전 세계 독자에게 다양한 의미를 시사한다는 반증이다. 그의 소설은 스테디셀러의 반열에 올라선다. 괴테Johann Wolfgang von Goethe 의 말이 생각난다.

소설가란 경험하지 못한 것은 쓰지 않으며, 경험한 대로 쓰지 않는다.

괴테의 기준에 따르면 윌리엄 버로스 문학은 절반의 인정을 받을 것이다. 작가를 포함한 예술가는 경험을 창작의 절대 기준으로 적용할 수 없다. 작가란 당연한 현실에 질문을 던지는 존재이지, 경험만을 나열하는 인물이 아니기 때문이다. 윌리엄 버로스는 기승전결에 입각한 서사 자체를 뒤집는 새로운 글쓰기를 시도했다.

1966년 매사추세츠주 대법원은《네이키드 런치》의 무혐의 처분을 내린다. 출간 당시 음란물이라 혹평했던 문학비평가들의 주장을 무색케 하는 판결이었다. 윌리엄 버로스는 대중음악계에도 지대한 영향을 끼친다. 비틀스의 음반 표지 모델로 등장하는가 하면, 그의 소설 내용을 근거로 소프트 머신Soft Machine과 스틸리 댄Steely Dan 이라는 그룹명이 탄생한다. 그는 84세의 나이로 세상을 떠난다.

금서와 독서 사이

2015년 5월 30일자 《주간경향》에 흥미로운 사진 한 장이 올라온다. 사진에 등장한 책의 정체는 막스 베버Max Weber 의 《프로테스탄티즘 윤리와 자본주의 정신Die Protestantische Ethik und der Geist des Kapitalismus》. 책 표지 위에는 '압 제5호' 라는 붉은색 표식이 거머리처럼 붙어 있었다. 〈어느 나라 국방부의 흔한 금서?〉라는 제목의 사진이 인터넷 커뮤니티에서 화제를 모았던 사건이다. 사건의 피의자는 상병 ○○○. 사건명은 '국가보안법 위반'이었다. 현역 군인에게 압수한 책의 저자는 막스 베버라는 자본주의 신봉자였다.

놀라지들 마시라. 이 사건은 1970년대 군사독재정권 하에서 벌어진 사건이 아니다. 기사 내용대로 '막스' 베

버를 '마르크스Karl Heinrich Marx'로 오인한 것은 아니었는
지도 모를 일이다. 참고로 이 책은 출간 이듬해인 2010년
문화체육관광부 우수도서로 선정된다.

책은 영물이다. 책은 수많은 영혼의 일상과 생각이 스
며든 총천연색 생명체이다. 게다가 가장 가치 있는 시간
을 보낼 수 있게 해주는 지식 도우미이다. 그 존귀함에
비해 경제적 가치가 현격하게 떨어지는 소비재이기도
하다. 요즘은 소품종 다량생산이라는 출판시장의 환경에
책 스스로가 적응하는 중이다. 실체가 없는 전자책의 형
태로 등장하기도 하지만 아직은 시간이 필요하다. 다행
이다. 당분간은 종이 냄새를 킁킁 맡아가면서 책을 손에
쥘 수 있으니까.

읽는 행위 외에도 책은 다양한 용도로 사용이 가능
하다. 가끔 선물용으로도 등장하는데, 상대방의 독서 내
공을 잘못 재단했다가는 낭패를 보기 십상이다. 예를 들
어 독서에 별 취미가 없는 직장 선배한테 미셸 푸코Michel
Paul Foucault의《감시와 처벌Surveiller et punir》을 선물한다면?
인간관계가 급속하게 냉각되는 아찔한 경험을 감수해야
할지도 모른다. 상대방이 독서를 좋아하는지, 어떤 책을
즐겨 읽는지 정도는 미리 확인하는 배려가 있어야 한다.

인간은 어려운 책에 대한 방어기제와 열등감이 심한 동물이다.

　바빠서 책을 읽지 못한다고 말하는 사람은 어떨까. 아마도 그는 영원히 독서의 즐거움을 누리지 못할 것이다. 책을 좋아하는 사람은 시간문제로 독서를 못 한다는 어설픈 평계를 대지 않는다. 아니, 못 한다. 독서라는 행위가 삶의 일부이기 때문이다. 먹고 자고 수다 떠는 시간 외에는 얼마든지 책을 읽을 수 있다. 그게 진정한 탐서가의 자세이다. 별다른 학습법도 필요 없다. 요지는 책에 대한 애정과 관심이다.

　책을 모으는 사람도 존재한다. 처음에는 취향이 없다 보니 닥치는 대로 사들인다. 독서냐, 수집이냐라는 화두는 대부분의 수집가가 처한 고민거리이다. 가장 이상적인 태도는 두 가지를 사이좋게 병행하는 거다. 한 가지에만 치우치다 보면 재미가 반감된다. 읽기도 모으기도 하다 보면 취향이 슬쩍 모습을 드러낸다. 진정한 독서가로 올라선 기분을 느낄 수 있다. 지금부터는 관심 가는 작가, 주제, 출판사, 장르로 구분해서 책을 읽고 모으다 보면 자연스럽게 책장마다 각각의 이야기가 녹아들 것이다.

사고 또 사다 보면 독서연체자로 변신할 수도 있다. 읽지 못한 책이 수두룩한데 시간은 언제나 부족하니 이를 어쩌랴. 어쩔 수 없이 독서는 다음이고, 구입부터 하고 보는 일상이 반복된다. 서재에 꽂힌 깔끔한 신간 도서를 바라보면 마음이 훈훈해진다. 1인 가구 시대에 이만한 효자 효녀도 없다. 끼니 걱정은 물론이거니와 살인적인 교육비 부담도 없다. 가족계획의 어려움 또한 없다. 많아지면 기부를 하거나 헌책방, 물물장터 등으로 분양이 가능하다. 읽고, 쓰다듬고, 밑줄 긋고, 대화를 나누는 데에도 어려움이 없다.

주말에는 기록에 도전해볼 수도 있다. 얼마나 많이 읽는지 스스로를 시험해보는 거다. 현대인은 대부분 숫자의 강박에 시달린다. 이를 독서라는 건강한 행위에 대입해보면 어떨까. 하루에 1,800페이지 넘게 독서를 했던 기억이 있다. 총 여섯 권의 책을 읽어치웠다. 대략 15시간 정도를 독서에 투자했다. 매일 이렇게 살 수만 있다면 소장도서가 무려 20만 권에 달한다는 다치바나 다카시立花隆가 부럽지 않을 테다.

오늘부터 책과 함께 지내고 싶다면 대화 방식의 변화를 조심스레 권해본다. 누군가를 만나면 지난주에 무슨 책을 읽었는지부터 질문해보자. 상대방이 멈칫거린다면 기간을 조금 더 늘려보자. 올해 읽은 책 중에 추천할 만한 책이라도 좋다. 그것마저 거부한다면 책에 관한 대화가 불가능한 사람이다. 초면인 사람과 가까워지려면 그의 서재를 먼저 보라고 했다. 장서의 양보다는 장서의 질이 우선이다.

인터넷 뉴스가 슬슬 지겨워진다면, 국방부 금서 목록의 정체가 궁금하다면, 책에 접속해보자. 그 속에는 애써 찾았던 평화와 정의와 실천에 관한 언어가 가득 있을 테니. 키케로가 말하지 않았던가. 책이 없는 방은 영혼이 없는 육체와 같다고. 자신의 집에 영혼을 불어넣자. 거창한 다짐이나 준비도 필요 없다. 뜨거운 가슴 하나면 족하다.

마루야마 겐지의 직설

곧고 바르며 과단성 있는 성미.

'결기'라는 단어에 대한 사전적인 해석이다.

그의 글은 결기가 흘러넘친다. 열혈 작가의 섬뜩한 세계관이 책 전체를 지배한다. 배수의 진을 친 글 쓰는 자의 기갈이 호위무사처럼 문장을 감싼다. 70대 중반의 노작가가 던지는 날선 직설의 향연이 독자의 심장을 움켜쥔다. 아나키스트의 면모를 풍기는 일본인의 이름은 마루야마 겐지丸山健二이다.

한국동란의 최대 수혜국 일본. '경제동물'이라 불리던 나라의 전성기는 길어야 1990년대까지였다. 작금의 일본은 국가 전체가 조로증에 빠진 느낌이다. 반세기 넘

게 정계를 이끌어온 보수정당의 행태기 일본을 설명하는 척도이다. 일본은 100년 전의 전쟁국가로 회귀하길 원한다. 자위대의 화려한 부활을 노리는 자민당의 갈지자 행보가 극우 정치의 현실을 설명해준다. 1955년에 등장한 보수통합당인 자민당은 거의 40년을 집권당으로서 영예를 누린다. 얼핏 보아도 마루야마 겐지와 자민당은 어울리는 조합이 아니다. 작가는《인생 따위 엿이나 먹어라人生なんてくそくらえ》에서 이렇게 비판한다.

국가란 국민에게 이 세상이 사랑과 친절로 가득하다는 착각과 솜사탕 같은 가치관을 심은 장본인이다.

그는 온몸에 총탄을 맞고, 포탄에 손발이 잘려나가고, 진흙탕에 뒹굴다 죽어간 흑역사의 민얼굴을 기록한다. 마루야마 겐지의 시선은 국민이라고 해서 예외 취급을 하지 않는다. 그는 강자와 영웅을 원하는 유치한 소망과, 지배자에게 무턱대고 의지하는 것이 얼마나 위험한 사태를 초래하는지에 대한 책임은 온전히 국민의 몫이라고 진단한다. 작가는 탄식한다. 불끈거리는 혈기와, 극적인 사상을 꿈꾸는 불온한 감정과, 이상과 현실 사이에서 고

뇌하는 정신의 갈등이 사라진 일본인을 향한 불만이다.

소설가로서 마루야마 겐지는 낭만적이거나 현학적인 수사에 결코 휘둘리지 않는다. 그는 《산 자에게生者へ》에서 소설 창작을 언급한다.

소설이 쓰고 싶다면 무엇보다 자신의 썩어빠진 근성을 똑바로 응시하고, 그걸 생생하게 그리는 수밖에 없다.

그에게 소설을 쓴다는 행위란 사회적인 출세나 밝고 영예로운 미래와는 거리가 멀다. 그에게 예술이란 무법자가 걷는 길처럼 온전히 어두운 공간을 택하는 지난한 과정이다. 그래서일까. 마루야마 겐지는 일본문학 사상 최연소로 아쿠타가와상芥川賞을 수상한 뒤, 문단정치와 결별을 선언한다.

그의 창작 공간은 곧 자연이다. 자신의 고향 오마치에서 자연을 소재로 한 글을 쏟아낸다. 장편소설《천일의 유리千日の瑠璃》에는 무려 1,000가지 시점의 1인칭 주인공이 등장한다. 작가는 속세와는 동떨어진 듯한 마호로라는 마을에서 벌어지는 인간 군상의 욕망을 파헤친다. 그의 시골 생활을 자칫 낭만적인 삶이라 판단한다면 오산이다. 책《시골은 그런 것이 아니다 田舎暮らしに殺されない法》는 노작가의 일상을 집요할 정도로 반추한다. 작가는 시골에서 감수해야만 하는 새로운 변수, 즉 골치 아픈 이웃, 고독, 범죄, 농사일, 불편함 등의 어려움에 대해서 직설을 아끼지 않는다. 홀로 우뚝 선 인간이 될 기회를 빼앗긴 채 나이와 육체와 생식기능만 갖춘 성인에게 시골이란 희망의 공간이 아니라는 말이다.

마루야마 겐지의 글은 여전히 독한 기운을 풍긴다. 책《취미 있는 인생 日々の기능集》을 보자. 그는 행동하지 않는 신세대 문학가에게도 일침을 놓는다. '자신이 어느 정도의 사람인지를 확인하려고 행동하지 않기 때문에 대수롭지 않은 소설 주제를 관념적이고 뻔한 말로 포장하는 눈속임 문학을 양산한다'는 것이다. 게다가 도망치는 것만이 유일한 생활 태도가 되어, 결과적으로 귀중한 인생을 절반만 살게 되는 세태를 꼬집는다. 예를 들면《취미 있는 인생》에 등장하는 다음 문단이 이에 해당한다.

요즘 들어 일본 소설이 재미없고 속이 빤히 들여다보이는 느낌을 주는 것은, 전적으로 필자 대부분이 행동하지 않기 때문이다. 움직여서 자신이 과연 어느 정도의 사람인지를 확인하려고 하지 않기 때문이다.

모든 정치조직, 권력, 권위를 부정하는 자를 아나키스트라 칭한다면 마루야마 겐지는 이와 썩 어울리는 인물이다.

나이가 들수록 역사와 현실을 관조하는 문학으로 흐르는 작가가 적지 않다. 선택은 작가 고유의 몫이다. 그런 측면에서 마루야마 겐지의 글은 늙지 않는다. 하루도 빠지지 않고 칼을 갈고닦는 검객의 기상이 엿보이기 때문이다. 늙지 않는 작가 마루야마 겐지의 건필을 기원한다.

악마는 퇴고에 있다

서른 즈음에 인연을 맺은 선배가 있다. 그때 다녔던 회사의 협력사 책임자였다. 업무로 맺어진 인연은 척을 두는 편이라 예외 없이 일에 대해서만 관계를 이어나갔다. 그러다 함께 야근을 해야 할 사건이 터졌다. 밤 11시가 넘어야 나온다는 인쇄물 초고를 함께 확인해야 하는 상황. 우리는 충무로에 위치한 인쇄소에서 시간을 보내야만 했다.

그의 업무와 일상에 관한 이야기를 듣다 관심이 꽂히는 대목이 나왔다. 그가 주말마다 중편소설을 창작한다는 사실이었다. 그것도 무려 5년이라는 시간 동안. 안락사를 소재로 한 그의 소설은 영화 〈뻐꾸기 둥지 위로 날아간 새 One Flew over the Cuckoo's Nest 〉에서 영감을 얻었다고 했다. 소설을 쓰는 광고회사 과장이라. 그다음 주까지 이어진 만남은 한국 신인문학상 제도에 관한 담론으로 확장되었다. 놀라운 사실은 선배가 무려 100회 넘는 퇴고를 했다는 것이었다. 퇴고란 글쓰기에서 '문장을 가다듬는다'라는 의미이다. 문제는 퇴고가 만만한 작업이 아니라는 것이다. 초고의 완성이 글쓰기의 시작이라면, 퇴고는 절반 이상이라고 할 만큼 중요하다. 고치거나 삭제할 문장이나 문단을 찾기가 쉽지 않다는 점 역시 퇴고의 특징이다. 선배의 꿈은 전업소설가였다.

영화 〈파인딩 포레스터Finding Forrester〉는 글쓰기와 우정에 관한 영화이다. 은둔 작가 샐린저가 떠오르는 윌리엄 포레스터숀 코너리, Sir Sean Connery는 글쓰기를 배우는 자말 월레스롭 브라운, Rob Brown에게 이렇게 말한다.

초고는 마음으로, 퇴고는 머리로 써야 한다.

퇴고의 방법을 깨달은 자말 월레스는 발군의 창작 능력을 발휘한다. 실패가 두려워 폐쇄적인 삶을 택했던 노작가는 손자뻘의 친구를 통해 자신의 인생을 퇴고한다.

작가 오노레 드 발자크Honoré de Balzac는 어떤가. 그는 출판사에 제출한 자신의 소설을 자비로 수정할 만큼 퇴고에 정성을 쏟았다. 중요한 대목은 분량을 늘이고, 중요하지 않은 부분은 과감하게 줄이는 과정을 반복했다. 사실주의 문학의 아버지라 불리는 발자크식 글쓰기의 핵심은 퇴고에 있었다. 퇴고의 달인이라면 이외수를 빼놓을 수 없다. 그는 인터뷰에서 장편소설을 무려 60회 넘게 퇴고했다고 소회한다.

바둑은 퇴고가 가능할까. 결론부터 말하자면 쉽지 않다. 상대방의 양해하에 잘못 둔 수를 다시 놓는 방법이 있기는 하나, 프로 기전에서는 불가능하다. 그 대신 '복기復棋 復碁'라고 불리는 방식이 존재한다. 승부를 마친 바둑을 다시 두는 행위를 말하는데, 퇴고라기보다는 복습 정도로 해석하는 것이 무난하다. '일수불퇴一手不退'라는 바둑 용어는 글쓰기처럼 퇴고가 존재하지 않는 바둑세계를 의미한다.

마지막으로 인생의 퇴고를 생각해볼 수 있다. 인생도 글쓰기처럼 삭제와 복사 기능이 있다면 편리한 삶일까 하는 자문을 해본다. 사실 편리보다는 삭제와 복사 이후에 감당해야 하는 불편함이 부담스럽다. 글과 달리 인간은 예전부터 축적해놓은 관념이 존재하기 때문이리라.

결국 글과 인생의 퇴고란 건널 수 없는 강 양쪽에 자리 잡은 존재에 해당한다.

퇴고란 자신의 글을 직접 수술하는 지난한 과정이다. 삭제해버린 글이 눈에 아른거릴 수 있다. 고쳐야 할 문장이 쉬이 떠오르지 않을 수도 있다. 시간이 그리 많지 않다. 악마는 퇴고 과정에서 발견하는 정책의 패착이다. 악마는 퇴고에 있다.

우리들의
만들어진 영웅

소설 《우리들의 일그러진 영웅》은 권력의 미혹을 소재로
한 작품이다. 한병태는 서울에서 지방 소도시의 초등학
교로 전학을 간다. 그곳에는 엄석대라는 동급생이자 권
력자가 버티고 있었다. 담임은 학급 운영의 전권을 엄석
대에게 맡긴다. 한병태를 제외한 학우들은 엄석대를 위
해 청소, 음식, 학용품, 대리시험에 이르는 상납 행위를
반복한다. 그들의 일그러진 영웅은 학급에서 무소불위의
권력을 누린다.

　　1999년 미국의 한 대학교에서 흥미로운 실험 결과를
내놓는다. 데이비드 더닝 David Dunning 과 저스틴 크루거
Justin Kruger 는 코넬대학교 재학생을 상대로 독해력, 체
스, 테니스 등의 사례를 통해 능력이 떨어지는 인물의 공

통적인 특성을 발견한다. 더닝크루거 효과Dunning-Kruger effect라 불리는 이론은 이후 정치세계에서 실정을 거듭하는 권력자를 평가하는 잣대로 쓰인다. 다음은 연구에서 산출한 무능력자의 대표적인 특성이다.

- 자신의 능력을 과대평가한다.
- 다른 사람의 진정한 능력을 알아보지 못한다.
- 자신의 능력이 부족하기 때문에 생긴 곤경을 알아보지 못한다.
- 훈련을 통해 능력이 매우 나아지고 난 후에야, 이전의 능력 부족을 알아보고 인정한다.

소설에 등장하는 엄석대는 더닝크루거 효과의 전형으로 묘사된다. 그는 마지막까지 자신의 문제점을 인정하려 들지 않고, 학우들에게 진심 어린 사과를 건네지도 않는다.

더닝과 크루거는 '무능력자의 착오는 자신에 대한 오해에서 기인한 반면, 능력자의 착오는 다른 사람에 대한 오해에서 기인한다'는 의견을 내놓는다. 다시 말하면 능력자란 자신의 능력을 과소평가하여 환영적 열등감을 가진다는 깃이다. 이러한 능력의 악순환은 임식대에게 지속적인 공격과 무시를 당하는 한병태에게서 확인 가능하다. 한병태는 엄석대의 갑질에 저항하지만 오래지 않아 이를 중단한다. 결국 한병태는 엄석대라는 권력의 그늘로 들어간다. 열매는 달콤했다. 한병태를 괴롭히던 급우가 마법처럼 사라졌다. 엄석대는 자신을 활용하는 노회한 담임선생처럼 한병태를 수하로 이용한다. 이제 엄석대의 비리에 맞서는 한병태는 존재하지 않는다. 한병태는 파우스트처럼 자신의 영혼을 엄석대에게 바친다. 불의를 참지 못하던 한병태는 자진해서 불의를 일삼는 인간으로 변해간다.

아쉽게도 더닝크루거 효과는 물음표를 남긴다. '반복 훈련을 통해 자신의 부족한 능력을 인정한다'는 가설은 무지하고 무능한 권력자에게는 해당되지 않기 때문이다. 권력자란 항시 평균치보다 높은 능력을 발휘할 것이라는 생각은 명백한 착각이다. 자신만의 노력과 힘으로 권력의 정상에 올라선 인물은 극히 적다. 권력자는 주변인들로부터 만들어지는 과정에서 수많은 이미지를 덧칠한다.

이야기의 반전은 예기치 못한 시점에서 일어난다. 젊고 강단 있는 담임선생이 학급에 나타난다. 그는 소설의 시대적 배경을 암시하는 자유당 정권에 맞서는 인물이다. 엄석대의 비리를 확인한 담임은 모든 학생에게 잘못이 있다고 지적한다. 엄석대 역시 만들어진 영웅에 불과했다. 소설은 공범 없이 존재하는 일그러진 영웅이란 존재하지 않는다는 사실을 보여준다.

엄석대는 무능력한 인물이었을까. 개인적으로는 그렇지만 사회적으로는 권력이라는 능력자의 조건을 갖춘 인물에 해당한다. 그는 자신의 추락을 예견하면서도 끝까지 권력을 포기하지 않는다. 그게 권력의 실체이자 속성이다. 수많은 권력자가 능력자라는 가면을 쓰고 독재와 탄압을 반복했다. 그들은 자신의 문제점을 알면서도 권력이라는 방패로 실정을 거듭했다.

대부분의 장기독재자는 엄석대와 흡사한 문제점을 공유한다. 그들은 더닝크루거 효과에 나오는 무능력자의 한계를 정치적으로 역이용한다. 내려가는 순간에야 자신의 무능함을 깨닫지만 이를 인정하지 않는 세상의 독재자들. 능력자의 외관을 한 만들어진 영웅은 인간이 만들어낸 허상의 일부분이다.

내게 거짓말을 해봐

> 지금도 난 동료가 없고, 동료 만들기에 관심이 없다. 학연과 지연, '끈'이 있어야 친구가 된다.

2016년 〈경향신문〉과의 인터뷰에 실린 장정일의 목소리이다. 모든 인터뷰를 거절하겠다던 장정일이 다시 마이크를 잡았다. 수년간 서평과 칼럼만 써오던 그가 2016년 인문사회비평지 〈말과 활〉의 주간을 맡았다. 그는 인터뷰에서 "캐릭터만 강할 뿐 독특하거나 별난 사람이 아니다"라고 자신을 설명한다.

모든 작가가 장정일 같을 필요는 없다. 장정일의 문제작 《내게 거짓말을 해봐》와 흡사한 장편소설로 필화 사건에 휘말리지 않아도 되며, 시와 희곡, 소설, 서평을 넘

나드는 전천후 작가로 활동하지 않아도 괜찮으며, 포스
트모더니즘postmodernism의 영향을 받지 않아도 상관없다.
하지만 이것만큼은 양보할 수 없다. 바로 '글로 세상과
싸울 줄 아는 올곧은 작가정신'이다.

장정일의 글이 처음부터 사회와 역사에 대한 심도 있
는 성찰을 토대로 한 것은 아니었다. 김현 이후 한국 서
평 문화의 장을 열었던 〈장정일의 독서일기〉 시리즈가
이를 증명해준다. 1993년 처음 시작한 장정일식 서평 쓰
기는 사회와 권력에 대한 괴리감과 분노를 기반으로 개
인의 입장을 대변하려는 고집이 엿보인다. 하지만 2010
년 이후 출간한 〈빌린 책, 산 책, 버린 책〉 시리즈에는
보다 넓은 세상과 싸우려는 결기가 드러난다. 마치 우리
속에 갇혀 지내던 맹수가 초원을 마음껏 활보하는 듯한
형태의 글쓰기가 떠오른다. 작가라면 글을 통해서 세상
과 대치하거나, 불화하거나, 싸우려는 각오 정도는 있어
야 한다. 담력이 부족해서, 비난이 두려워서, 갈등을 원하
지 않아서라는 이유로 화해와 사랑으로 가득 찬 글만 쓰
려 한다면 말릴 수는 없다. 하지만 과정을 생략한 채 결
과만을 살포하는 말랑말랑한 글은 결국 독자로부터 외면
받을 수밖에 없다. 향이 강한 맥주가 애주가의 취향에서

금세 멀어지는 것과 같은 이치이다. 좋은 약을 원한다면 씁쓸한 글에 대한 내성을 갖춰야 한다.

리영희를 포함하여 김지하, 고은, 김수영, 박노해, 황석영, 한완상 등의 작가가 글로 세상을 바꾸려는 노력을 경주했다. 그중 일부는 변절자라는 비난 속에서 자유롭지 못했지만, 이들이 글로써 싸우던 시절은 총칼로 작가를 겁박하던 무한폭력의 시대였다. 그들은 그렇게 자신의 가족과 미래와 직업을 포기하면서 비뚤어진 세상을 향해 펜대를 세웠다.

대부분의 작가는 가난하다. 여기서 말하는 '가난'이란 전업작가로 버티는 삶을 의미한다. 오로지 글쓰기로 삼시 세끼를 해결하고 가족을 부양한다는 과제는 3시간 내로 마라톤 풀코스를 완주하는 행위와 다를 바 없다. 예술가 중에서 작가의 평균수명이 제일 짧은 이유도 이와 무관하지 않을 테다. 그럼에도 불구하고 지금도 수많은 작가 지망생이 자판을 두들기면서 미래의 유명 작가를 꿈꾼다. 시간당 생산성이 극히 낮은 작가라는 직업. 그렇다면 작가란 어떤 자세로 글을 통해서 세상과 불화해야 할까.

다음은 《작가란 무엇인가》에서 나오는 헤밍웨이의 인

터뷰 내용이다.

> 작가를 원하는 사람이라면 목을 맬 각오로 최선을 다해 쓰
> 도록 스스로를 강요해야 한다. 작가가 관찰하는 행위를 멈
> 춘다면 그 작가는 끝장과 다름없다. 그리고 소위 정치적인
> 작가 중 많은 이들이 자신의 정치관을 바꿨다. 이러한 정치
> 적 관점의 변화를 해당 작가의 행복추구의 한 형태로 존중
> 해야 한다.

헤밍웨이는 《노인과 바다》를 통해 '인간은 파괴될 수
는 있어도 실패할 수는 없다'는 말을 남긴다. 이는 세상
의 모든 작가를 위한 노작가의 전언이다. 이는 '자본주의
시장에서 파괴되는 인간은 있어도 스스로 실패하는 인간
은 없다'는 의미와도 상통한다. 세상이 산산조각 나더라
도 글로 싸워보겠다는 결연한 의지가 있는 이상, 모든 쓰
는 자는 작가임이 분명하다.

어부인 산티아고 노인은 커다란 청새치를 낚시로 잡
는다. 어부로서 절반의 성공을 거둔 셈이다. 하지만 그는
항구로 돌아오는 길에 굶주린 상어 떼에게 청새치를 반
납해야만 한다. 헤밍웨이는 노인을 통해서 외롭고 험난

한 작가의 길을 에둘러 설명한다.

희망을 품지 않는 것은 어리석다.
희망을 버리는 것은 죄악이다.

현대영화의 거장
켄 로치

안녕하세요. 여기, 서울은 봄이 왔습니다. 문득 켄 로치Ken
Loach 라는 영국인의 삶은 대한민국 현대사와 닮았다는 생
각을 해봅니다. 그렇게 당신은 치열하게 영화를 만들고,
영화를 통해 현실을 드러내는 작업을 멈추지 않았지요.
일단 타임머신 계기판을 2005년으로 이동해볼까요.

당시에는 켄 로치 감독을 몰랐습니다. 동네 비디오대
여점에서 비디오테이프 〈칼라송Carla's Song〉을 선택한 게
인연의 시작이었죠. 별 기대 없이 집에서 영화를 틀었습
니다. 그런데요. 정말이지 무엇인가에 심하게 눌린 듯한
전율이 엄습하더군요. 인간은 쉽사리 변하지 않는다는
고정관념이 단박에 사라지는 순간이었죠. 2시간에 달하
는 러닝타임 내내 스코틀랜드와 니카라과를 맨발로 오가

는 착시에 빠졌습니다.

　작품의 주인공 조지 로버트 칼라일, Robert Carlyle 는 스코틀랜드의 버스 운전기사입니다. 지독한 계급사회인 영국에서 그의 입지는 대단치 않습니다. 게다가 돌발적인 성격 때문에 사회적으로 늘 좌충우돌하는 형편이었어요. 어느 날 자신이 운전하던 버스에 무임승차한 여인 칼라 오이앙카 세베자스, Oyanka Cabezas 를 만납니다. 그녀에게 벌금을 징수하려는 감독관을 밀어내고 칼라를 구해주는 조지. 칼라는 조지에게 작은 선물을 건네고 사라집니다.

　사랑일까요, 연민일까요, 아니면 사랑과 연민일까요. 조지는 유색인종 칼라를 잊지 못합니다. 그녀가 조지에게 전한 칼라라는 이름과 거짓 전화번호. 조지에게 칼라는 소중한 여인이었습니다. 조지는 도심에서 돈을 벌기 위해 춤을 추는 칼라를 다시 발견합니다. 그는 칼라를 통해서 인생의 첫 번째 변화를 겪습니다. 난민수용소에서 지내는 이방인 칼라. 그녀의 계급은 조지보다도 낮은 자리에 있었죠. 칼라에게 거처를 구해주는 조지. 하지만 칼라는 자살을 시도하고, 조지는 담당의사를 통해 칼라의 굴곡진 삶을 알게 됩니다. 그는 칼라와 함께 그녀의 고향 니카라과로 향합니다. 그곳에서 남미 국가를 탄압하는 미국 CIA의 실체와 직면하는 조지. 그는 니카라과의 독립을 위해 싸우다 불구가 된 칼라의 연인을 만납니다. 조지는 눈물과 희생과 이별이라는 두 번째 변화를 가슴으로 받아들입니다.

켄 로치 감독님. 나는 〈칼라송〉 이후 당신의 기록지와 부지런히 만났습니다. 근작 〈나, 다니엘 블레이크I, Daniel Blake〉에서부터 〈케스Kes〉까지 열다섯 편에 달하는 거장의 영화에 접속했죠. 시대와 장소와 인종을 막론하고 자유를 탄압하는 거대한 세력을 파헤치는 당신의 용기와 신념에 놀랐습니다. 인간에게 가장 소중한 공간이 무엇인지를 암시하는 섬세함에 다시 놀랐습니다.

1936년 노동자계급으로 태어난 당신의 삶은 영화처럼 다채롭더군요. 군 복무를 마치고 옥스퍼드대학교 법대에 진학합니다. 그곳에서 정의에 대해서 고민하는 시간을 가졌겠지요. 법 대신 연극을 택한 당신의 결정은 옳았습니다. 그 후 텔레비전 드라마, 다큐멘터리, 영화를 넘나드는 전천후 제작자로 이름을 알립니다. 신자유주의의 대변자였던 대처Margaret Thatcher 정권에서 활동을 금지당하는 시련을 겪기도 하죠. 대처 총리는 베트남전에 미국 파병을 거절했던 해럴드 윌슨Harold Wilson 총리와는 전혀 다른 정치인이있습니다.

당신에게 영화는 어떤 의미인가요. 적어도 켄 로치라는 예술가는 영화라는 매체를 친자본적인 수단으로 이용하지 않았습니다. 세계 영화인의 찬사와 존경으로 영국 수구정권이 쏟아내는 정치적 프레임을 극복했습니다. 다행입니다. 베를린국제영화제 명예황금곰상Goldener Ehrenbär Internationalen Filmfestspielen von Berlin, 칸영화제 황금종려상 Palme d'Or Festival de Cannes, 로카르노영화제 관객상Audience Award Locarno Film Festival 수상은 켄 로치라는 존재를 각인시켜주는 빛나는 결실이었죠.

다시 서울입니다. 당신은 그곳에서 지구촌의 사건 사고를 듣고 있겠죠. 아직도 할 일이 많이 남아 있는 거장의 뒷모습은 아름답습니다. 2019년 당신이 보여준 작품의 제목은 〈미안해요, 리키Sorry We Missed You〉였죠. 감독님의 생각처럼 우리는 모두 리키크리스 히친, Kris Hitchen에게 미안한 마음을 가져야 합니다. 리키는 성실한 노동자였고, 앞으로도 그럴 것이니까요. 리키는 신자유주의라는 사회구조의 피해자입니다. 그는 살인적인 노동환경과 저임금의 굴레에서 자유롭지 못한 인물이죠. 올해는 어떤 작품을 선보일지 궁금하네요. 건강하시기 바랍니다.

문화중독자
봉호 씨

굿바이, 베트남

장면1 1965년. 애드리안 크로너로빈 윌리엄스는 미 공군방송 DJ로 근무하기 위해 베트남 사이공으로 향한다. 담당 장교는 첫 만남에서 "밥 딜런의 음악은 방송 불가"라고 경고한다. 이후 크로너는 놀라운 입담으로 최고의 인기 DJ로 자리 잡는다. 하지만 그의 자유분방한 성향은 군 상부층의 불만을 낳는다. 모든 전쟁에는 명분이 필요하다. 자국민과 주변국의 비판 여론하에 전쟁을 주도하기란 결코 수월하지 않다. 1964년 8월 2일 미국 언론은 '베트남 연안에서 정찰 중이던 미국 구축함이 북베트남의 어뢰정으로부터 공격받았다'고 보도한다. 미 해군은 단 한 명의 부상자도 없이 베트남 어뢰정 세 척을 파괴한다. 미 행정부는 이틀 뒤 북베트남 연안에서 활동하던 미 구축함에서 공격신호를 감지했다고 발표한다.

장면 2 크로너는 사이공 현지인을 위한 영어학교 선생으로 활동한다. 그는 자신의 수업을 참관하는 베트남 청년과 가까워진다. 어느 날 청년의 도움으로 크로너는 폭탄 테러의 위험에서 벗어난다. 얼마 후 그는 동료 군인과 지프차로 이동하다 교전 지역에서 길을 잃는다. 이번에도 청년의 지원으로 무사히 군부대로 복귀하는 크로너. 통킹만 사건이라 불리는 북베트남군의 선제공격을 핑계로 미국은 기어코 베트남전을 시작한다. 프랑스의 지배를 받았던 베트남은 다시 미국과 전쟁을 치른다. 1964년 한국은 1차 파병을 실시한다. 1965년 미 공군은 북베트남에 대대적인 폭격을 실시하지만 전황은 여전히 미국에 유리하지 않다. 같은 해 한국은 사단급의 전투병력을 동원하는 3차 파병을 단행한다.

장면 3 미군은 크로너를 도운 청년의 정체가 베트콩이라는 사실을 확인한다. 이로 인해 크로너는 퇴출명령을 받는다. 베트남전에 관한 비판을 접지 않았던 크로너는 전쟁으로 얼룩진 나라를 떠난다.

이상은 영화 〈굿모닝 베트남Good Morning, Vietnam〉의 줄

거리이다. 미국 정부는 감춰두었던 통킹만 사건의 진실을 밝힐 문서를 공개한다. 이라크전과 마찬가지로 통킹만 사건은 미국의 조작극으로 밝혀진다. 존슨Lyndon Baines Johnson 대통령은 사석에서 보복공격의 진상을 실토한다.

미 해군이 고래를 쏘았을 뿐이다.

미 항공기 조종사의 회고록에도 북베트남 함정의 공격이 없었다는 증언이 이어진다.

미국은 애초부터 베트남전의 본질을 이해하지 못했다. 그들은 부패한 남베트남 정부에 항거하는 남베트남인을 과소평가했다. 1972년 베트남에는 미군보다 많은 한국군이 주둔한다. 파월 한국군은 참전 기간 동안 5,000여 명의 전사자를 낸다. 1975년 미국은 악화된 여론과 재정 상황을 이유로 베트남전을 포기한다. 워싱턴 D. C.의 베트남전 참전용사기념관에는 다음과 같은 편지가 놓여 있다.

20년간 나는 지갑에 당신의 사진을 가지고 다녔습니다. 우리가 베트남에서 마주했던 날, 나는 열여덟 살이었죠. 당신이 왜 나를 죽이지 않았는지 앞으로도 알 수 없을 것입니다. … 나는 훈련대로, 베트콩을, 하찮은 황인종을 사살했습니다. 나는 당신을 인간으로 보지 않았어요. …

101공수여단, 리처드 러트럴Richard Luttrell

〈굿모닝 베트남〉의 압권은 루이 암스트롱Louis Armstrong의 노래 〈왓 어 원더풀 월드What a Wonderful World〉가 흘러나오는 장면이다. 영화는 노래와는 완전히 반대의 상황으로 치닫는 베트남전을 고발한다. 전쟁의 참상 앞에서 이해보다 냉소로 맞설 수밖에 없었던 크로너. 그는 언제쯤 베트남에 아름다운 이별을 고할 수 있을까.

2인자의 조건

미국 백악관 사무실이 등장한다. 노회한 공화당 정치인스티브 커렐, Steve Carell이 묘한 미소를 짓는다. 그는 세상을 삼킬 듯한 기세로 상대방을 응시한다. 정치인은 자신의 보좌관크리스천 베일, Christian Charles Philip Bale에게 세 가지 사항을 지시한다.

입을 다물 것.

시키는 대로 할 것.

충직할 것.

영화 〈바이스Vice〉의 한 장면이다. 정치인의 이름은 도널드 럼즈펠드Donald Rumsfeld, 그의 신임 보좌관은 딕 체니

Dick Cheney . 시대적 배경은 닉슨 대통령의 집권기이다. 이후 닉슨은 워터게이트 사건으로 탄핵 직전에 사임을 택한다. 정치생명이 막을 내린 닉슨과 달리 딕 체니는 포드 Gerald Ford 대통령 비서실장, 와이오밍주 하원의원, 공화당 원내총무, 국무부 장관, 미국 석유시추회사 대표이사라는 직책을 차례로 맡는다. 부와 권력을 모두 움켜쥔 야심가 딕 체니. 정치인 부부 모임에 참석한 아내가 그에게 귓속말을 한다.

절반은 우리를 좋게 보고, 절반은 우리를 경계해.

미국 공화당 현대정치사를 시간순으로 보여주는 가운데 조지 W. 부시가 등장한다. 대선후보로 나오려는 그는 딕 체니에게 부통령직을 거듭 제안한다. 부시는 디테일에 취약한 자신을 채워줄 2인자가 필요했다. 딕 체니를 향한 아내의 충고가 이어진다. 그녀는 정계로 재입성하려는 남편에게 "부통령이란 대통령이 죽는 날만 기다리는 자리"라고 폄하한다. 딕 체니는 2인자의 딜레마에 빠진다.

예스맨의 기질을 방패 삼아 정치계에 입문한 딕 체니.

그는 발톱을 숨기고 권력의 갈림길에서 2인자의 태도를 고수한다. 침묵, 순종, 충성이라는 가부장적 정치관을 밑천 삼아 내로라하는 권력자들의 틈바구니에서 용케 살아남는다.

고민 끝에 그는 부시에게 흥미로운 역제안을 내놓는다. 곰과 여우의 중간 지점을 오가던 거물 정치인의 선택은 대통령 권한의 나눠 먹기였다. 부통령직을 승낙하되, 군사통치권을 자신에게 넘길 법적 근거를 달라는 요구가 2인자의 승부수였다. 대통령직 외에는 다른 계산서를 가지고 있지 않던 부시는 정치 8단의 제안을 흔쾌히 받아들인다. 러닝메이트의 제안에는 자신이 대표직을 맡았던 핼리버턴Halliburton이라는 기업과의 유착이 깔려 있었다. 2인자의 욕망은 여기서 그치지 않는다. 그는 매파로 알려진 정치 선배 럼즈펠드를 진영에 끌어들인다.

딕 체니는 2인자보다 낮은 위치에 있던 부통령의 권력을 극대화하는 데 성공한다. 군사권을 움켜쥔 부통령에게 9·11 사태는 전쟁을 벌일 절호의 기회였다. 게다가 그의 곁에는 럼즈펠드를 비롯한 매파가 포진하고 있었다. '테러와의 전쟁Global War on Terrorism'을 부르짖는 아들 부시는 부통령의 대변인에 지나지 않았다. 민주당 정치인 힐러리 클린턴 Hillary Diane Rodham Clinton 까지 합세한 이라크전은 60여만 명에 달하는 이라크인의 생명을 앗아간다. 전쟁 이후 세계 최대 석유기업 핼리버턴의 주식은 500퍼센트를 상회하고, 현직 부통령이 벌어들인 스톡옵션은 무려 113억 원에 이른다. 영악스런 2인자의 최종 목표는 부의 축적이었다. 그의 질긴 정치수명은 여기까지였다. 대량살상무기가 존재하지 않았던 이라크전의 설계자가 바로 딕 체니와 측근이었기 때문이다. 이후 공화당의 시대가 막을 내리고 민주당 출신의 오바마 Barack Obama 가 당선된다.

2인자의 조건은 무엇일까. 1인자의 자리를 넘보지 말 것, 1인자의 약점을 최소화해주는 동시에 강점을 극대화해줄 것, 2인자의 공을 감추고 1인자에게 공을 넘겨줄 것. 나열한 교과서적인 조건에는 변수가 도사린다. 영원한 1인자란 없듯이, 영원한 2인자도 없다는 사실이다. 정의가 아닌 권력에 충성하는 2인자는 1인자의 수하에서 호시탐탐 자신만의 권력을 펼칠 기회를 노린다.

권력 앞에서는 여우의 가면을, 국민 앞에서는 곰의 가면을 택했던 정치인 딕 체니. 그는 2인자의 자리를 이용해 1인자의 권력을 향유했던 인물이다. 딕 체니는 무려

8년간 부통령의 자리를 사수한다. 미국만의 안보를 미끼로 안락한 권력을 누렸던 2인자의 배후에는 꼭두각시 대통령이라는 그늘막이 존재했다.

5.

부디, 늦지 않기를

우리에게 필요한 언론

산티아고 대통령궁에 불길이 치솟는다. 피노체트Augusto
Pinochet Ugarte가 이끄는 반란군이 남미 최초의 합법적인
칠레 정부를 향해 총구를 겨눈다. 살바도르 아옌데Salvador
Allende 대통령은 마지막 순간까지 대통령궁을 사수한다.
쿠바의 카스트로는 지원군 파병을 제안하지만, 확전을
우려한 아옌데는 이를 거절한다. 투항할 경우 해외 이
주를 포함하여 신변을 보장한다는 반란 세력의 최후통첩
도 수락하지 않는다. 대통령은 결국 사망한다.

　뉴욕 세계무역센터에서 폭발음이 들린다. 대형 여객
기 두 대가 초고층 빌딩에 충돌하는 영화 같은 장면이 등
장한다. 미국 본토가 공격당하는 가운데 세계 최강국의
자존심은 바닥으로 떨어진다. 부시 대통령은 이 사건을

미국에 대한 테러로 규정한다. 미국 정부는 오사마 빈라덴Osama bin Laden과 알카에다alQaeda를 배후 세력으로 지목한다. 이후 미·영 연합군은 2개월 만에 아프가니스탄 전역을 함락시킨다.

위 사건은 모두 9월 11일에 벌어진 역사적 비극이었다. 하지만 칠레인을 제외한 세계인이 기억하는 9·11의 풍경은 아쉽게도 2001년 미국에 고정되어 있다. 1973년발 칠레의 비극은 언론계로부터 남미 국가에서 생긴 소소한 사건으로 치부되었다. 그 두 가지 사건이 언론의 차별을 받아야 하는 이유는 무엇일까. 전쟁 억제가 아닌 전쟁 보도가 언론의 의무라고 말할 수 있을까.

새로운 분풀이 상대를 찾던 미국은 이라크라는 원유 생산국을 지목한다. 베트남전 실패 이후 미 군부는 반드시 이길 만한 상대와 전쟁을 벌인다는 전략을 세운다. 부시는 이라크 내 대량살상무기를 제거함으로써 자국민 보호와 세계평화에 이바지한다는 거짓 명분을 내세워 동맹국을 전쟁판으로 끌어들인다. 결과는 참혹했다. 전사자는 미군 117명, 영국군 30명, 이라크군은 약 2,500명, 이라크 민간인 사망은 무려 1,300명에 이른다.

미국 CIA가 조종하는 피노체트 반군은 쿠데타에 성공

한다. 칠레에서 자신의 명령 없이는 나뭇잎 하나도 움직이지 못한다던 피노체트는 장장 17년간 공포정치를 펼친다. 그는 쿠데타 직후 3개월 동안 무려 1,800여 명의 시민을 도살한다. 남미와 유럽 등지에서는 4,000여 명의 정치범을 추가로 살해한다. 피노체트 정권은 강간, 손발톱 뽑기, 썩은 음식과 죽은 동료의 인육 먹이기 등의 잔인무도한 고문을 자행한다.

역사적 가정을 해보자. 만일 미국과 칠레의 9·11이 뒤바뀐다면 세계 언론은 어떤 반응을 보일까. 아마도 미국에서 벌어진 사건은 다양한 매체를 통해서 전파될 것이다. 마치 세상의 모든 테러는 미국과 서유럽에서만 일어난다는 듯 호들갑을 떨 언론사가 지천에 널려 있다. 불행히도 칠레는 언론의 관심 대상이 아니었다. 제3세계라는 차별적인 언어로 취급하는 지역의 사건 사고는 환영받을 만한 뉴스감이 되지 못한다.

여기서 죽음의 계급성이 수면 위로 떠오른다. 인간의 죽음에도 계급이 존재한다. 언론은 망자의 국적에 따라 사건의 경중을 조절한다. 언론이 정보권력화라는 철가면을 쓰는 순간이다. 정승 집 개가 짖어야만 마이크를 들이대는 시청률 및 구독률 지상주의의 결과이다. 정당한 침략진쟁이란 없다. 언론에서 진정 다뤄야 하는 기사란 전쟁이 남기는 비극성과 참혹성이다. 지금 이 순간에도 세계 곳곳에서는 권력투쟁으로 인한 집단사망이 이어지고 있다. 어떤 죽음은 언론의 무관심으로 조용하고 쓸쓸하게 자취를 감춘다. 또 다른 죽음은 언론의 관심으로 오래도록 역사의 한 페이지를 장식한다. 이러한 언론의 구별 짓기 현상은 죽음의 차별화를 당연시하는 우매한 대중을 양산한다. 세상에 소중하지 않은 죽음이란 없다. 전쟁을 둘러싼 세상의 뉴스는 평등하게 다뤄야 한다.

영화감독 고레에다 히로카즈是枝裕和는 말한다.

언론은 유목민이어야 한다. 그리고 언론의 가장 큰 역할이란 주민들이 사는 세상이 성숙할 수 있도록 외부에서 비평하는 것이다.

획일적인 가치관과 평온한 일상에 함몰되어 유목민이 아닌 거주민으로 행세하려는 언론을 향한 준엄한 경고이다. 동굴 속에 갇혀 정보의 껍데기만 취급하려는 안일한 사고방식은 무능한 언론인을 양성할 따름이다.

한국의 언론은 어떤 시선으로 역사를 해석하는가. 행

여나 언론이 특정 집단의 입맛에 충실한 기사에만 집착하지는 않는지 반성과 점검이 필요하다. 지금 우리에게 필요한 언론이란 모든 형태의 권력을 감시하고, 권력과 투쟁하고, 권력을 국민에게 돌려주려는 공명정대한 존재여야 한다. 영원한 언론을 꿈꾸는가. 그렇다면 언론권력이라는 미혹으로부터 하루빨리 벗어나야 한다.

사회를 설계하는
인간들

범죄란 법으로 규정하는 반사회적 행위이다. 죄의 원천을 단순히 개인이냐 사회구조냐에 따라 판단하는 이원론은 많은 문제점을 내포한다. 개인과 사회는 거대하고 복잡한 상관관계를 이루기 때문이다. 범죄율 또한 마찬가지이다. 만약 범죄율을 의도적으로 높이려는 세력이 존재한다면 이는 어떤 연유에서일까.

미국에서는 실제 범죄율을 높이는 전략으로 정권을 창출하거나 유지하는 사례가 있었다. 4선 대통령인 프랭클린 루스벨트Franklin Delano Roosevelt는 20여 년에 이르는 민주당의 전성시대를 이끈 인물이다.

민주당의 독주로 위기에 처한 공화당은 1960년대에 '분할정복'이라는 정치 전략을 시도한다. 분할정복은 가난한 백인이 부유한 백인을 배척하지 않도록 흑인을 포함한 유색인종에게 반감을 품게 유도하는 이중 전략이다. 문제는 분할정복 전략이 효력을 발휘하기 위해 높은 범죄율이 유지되어야 한다는 것이었다. 방범 시스템이 견고한 부촌은 범죄율 상승 여부에 영향을 받지 않는다. 반면 슬럼가나 도심에 거주하는 저소득층과 중산층은 범죄에 시달리기가 쉽다. 범죄에 노출된 저소득층은 유사 계급에 반감을 가진다. 계급 갈등을 조장한 포퓰리즘populism에 이용당한 중산층 이하의 유권자는 정략적으로 범죄 소탕을 외치는 공화당에 표를 몰아주기 마련이다.

정신의학자 제임스 길리건James Gilligan은 정권에 따라서 범죄율의 차이가 있음을 발견하고, "공화당 집권기에 자살과 살인을 합친 폭력치사율이 높아졌다"고 발표한다.

공화당 출신인 로널드 레이건과 조지 부시가 재임한 1981년부터 1992년까지는 10만 명당 19.9명에서 22.4명에 달하는 폭력치사율을 기록한다. 하지만 1993년 부시로부터 21.7명이라는 폭력치사율을 물려받은 빌 클린턴William Jefferson Clinton 집권기부터 변화가 도래한다. 민수낭 출신의 대통령이 취임하자 폭력치사율은 내림세를 보인다. 1997년 재선 첫해에는 18.3명을 기록했으며, 임기 마지막 해인 2000년에는 16.0명으로 하락한다. 이후 아들 부시가 대통령에 당선되자 수치는 오름세로 돌아선다.

제임스 길리건은 저서 《왜 어떤 정치인은 다른 정치인보다 해로운가Why Some Politicians Are More Dangerous Than Others》를 통해 이러한 수치상의 변화가 우연이 아님을 밝혀낸다. 언급한 현상을 건국 이후 현재까지 인종문제로부터 자유롭지 못한 미국만의 문제라고 보기는 어렵다. 지역차별의 역사가 견고한 대한민국도 예외가 아니다. 반세기가 넘도록 특정 지역을 정략적으로 소외시키는 한국판 분할정복 전략이 20세기 후반까지 유효했음은 자명한 사실이다. 차이점이라면 비열한 지역주의로 분열을 일으키려는 집권 세력의 칼날에 맞섰던 흔적이 존재한다는 부분이다.

길리건 박사는 반세기 동안 이어진 공화당의 분할정복 전략의 희생양인 99퍼센트에 달하는 서민의 각성이 필요하다고 주장한다. 그는 국민의 삶과 죽음이라는 극단적인 갈림길에 정치라는 매개변수가 작용하고 있음을 적시한다. 한편 민주당 출신인 지미 카터James Earl Jr. Carter 집권기에는 폭력치사율이 정체를 보인 기록이 있다. 길리건의 연구는 정치권력과 시민의 상관관계를 분석하는 중요한 자료로 활용되었다. 그는 1977년부터 1992년까지 매사추세츠주 교도소 수감자를 대상으로 폭력 예방 프로젝트를 실시한다. 이후 교도소 내의 살인률과 자살률을 획기적으로 떨어뜨리는 성과를 보인다.

로보트 태권V를
위하여

초합금 로보트 태권V가 도착했다. 박스를 열자 18센티미터 크기의 로보트 모형이 모습을 드러낸다. 묵직한 합금량이 느껴지는 모습이 제법이다. 1976년에 등장한 〈로보트 태권V〉는 지금도 많은 키덜트의 사랑을 받고 있다. 한국을 대표하는 만화 콘텐츠 〈로보트 태권V〉의 탄생은 유신 시대의 문화정책과 결을 함께했다.

1970년대는 장기집권 체제를 굳히려는 박정희 정권에 균열이 생기기 시작한 시기이다. 1960년대는 본격적인 우민정치를 시도하던 때였다. 이후 독재정치의 부작용이 끊임없이 드러나기 시작한다. 정적 제거, 민주인사 탄압, 언론 통제라는 욕망의 정치가 1970년대를 장악했다. 영화, 음악, 문학 등의 대중문화에 대한 정부의 편

집중적인 통제는 당연한 수순이었다. 정부는 1973년 2월 일명 '유신영화법'이라 불리는 제4차 영화개정법을 시행한다. 이 법은 '유신이념의 구현을 위해 영화계의 부조리를 제거하고 영화기업을 적극 육성한다'는 이상한 문구를 추가한다. 권력에 비판적이거나 실험적인 문화예술은 강력히 통제하겠다는 의도였다. 유신정권의 선전물로 퇴락해버린 한국 영화산업은 수십 년간 다양성을 잃고 제자리걸음을 반복한다.

당시 어린이 세대가 좋아하던 만화영화는 MBC 텔레비전에서 방영한 〈마징가 Z〉였다. 헬 박사와 아수라 백작이 진두지휘하는 괴수 로보트에 맞서 싸우는 마징가 Z와 아프로다이 에이스. 마징가 Z의 매력은 인간이 직접 로보트에 탑승하여 함께 전투한다는 점이다. 이러한 일본산 로보트 만화영화는 〈그레이트마징가〉 〈그랜다이져〉 〈건담〉 등의 후속작을 완성한다.

〈로보트 태권V〉는 1976년 7월 서울 대한극장과 세기극장에서 선을 보인다. 대중문화 폭압의 시대에 등장한 이 작품은 반공만화영화라는 사유를 만들어 까다로운 검열 과정을 통과한다. 만화책 분서갱유라는 촌극을 벌이던 군부독재 시대의 우울한 풍경이었다. 토종 로보트에 전통무술인 태권도를 합쳐 국위선양의 상징물이 되어버린 〈로보트 태권V〉를 향한 반응은 뜨거웠다. 김청기 감독은 자신이 인수한 기업 서울동화에서 〈로보트 태권V〉를 완성한다. 노래 〈세월이 가면〉의 가수 최호섭이 부른 주제가는 청소년 애창곡으로 자리 잡는다. 동네 문방구에서는 태권V를 그린 학용품이 불티나게 팔려나간다. 태권V의 투구는 광화문광장에 세운 이순신 장군의 동상에서 착안한다. 정동길 초입의 경향신문사 입구에는 태권V 조각상이 자리 잡고 있다.

한편 〈로보트 태권V〉는 일본 로보트만화의 아류라는 소문에 시달리기도 한다. 태권V가 마징가 Z의 구조를 차용했다는 내용이었다. 김청기 감독은 2006년 〈서울신문〉과 인터뷰에서 "실제 유단자의 태권 동작을 보면서 만화영화를 완성했다"고 말한다. 같은 해 산업자원부는 태권V에게 대한민국 1호 로보트증을 수여한다. 관객은 스크린에서 태권 품새를 재현하는 로보트를 보면서 국산 애니메이션의 미래를 낙관했다.

〈로보트 태권V〉는 유신의 정체를 몰랐던 어린이의 희망이자 미래였다. 하지만 세월은 많은 것을 변하게 만들었다. 태권V의 화려한 이단 옆차기에 함께 환호하고 기뻐하던 추억. 성장한 아이들은 민주화 시대의 주역, 유신권력의 대리인, 역사의 방관자라는 각기 다른 생을 택한다. 그들은 모두 태권V의 승리를 염원했던 세대였다. 이후 태권V의 인기를 능가할 만한 정의로운 국산 로보트의 탄생은 없었다.

주제가처럼 아이들은 용감하고 씩씩한 로보트 친구를 좋아했다. 태권V의 멋지고 신나는 활약처럼 세상의 일부가 되고 싶었던 시간. 그 마음을 든든하게 지탱해주던 '만화적 상상력'은 지금 어디에 있을까.

음반사 바로세우기

누구나 수집의 역사를 가지고 있다. 팝스타 엘튼 존 Sir Elton John 처럼 오래된 자동차를 모으는 이가 있는가 하면, 수천 개의 피겨를 구입하는 수집가도 있다.

초등학교 시절에는 우표를 모았다. 무엇보다 경제적 부담이 적었고, 새로 나온 우표를 구경하는 맛이 쏠쏠했기 때문이다. 이른 새벽 우체국 문이 열릴 때를 기다려 한정 판매하는 우표 시트를 사는 보람도 대단했다. 초등학교를 졸업하자 우표에 대한 관심이 연기처럼 사라진다. 마구잡이로 통치자의 사진이 들어간 기념우표를 찍어대는 세태가 싫었기 때문이다.

스무 살을 넘기면서 숨겨놓았던 수집욕이 다시 살아난다. 음반을 모으기 시작한 것이다. 그 당시 라이선스 LP의 가격은 2,500원 정도였다. 서울 시내 자장면이 1,000원이던 시절이니 대학생에게는 적잖이 부담스러운 금액이었다. 그 대신 불법 복제하는 백판의 가격은 500원, 중고 라이선스 LP는 1,000원 정도에 구할 수 있었다. 가끔은 큰마음을 먹고 비싼 수입 오리지널 음반을 구입하기도 했지만 연례행사에 불과했다. 상황상 질보다 양을 우선해야만 음반 수집가로 연명할 수 있었다. 음악카페 아르바이트 수입과 현금으로 나오는 장학금을 음반 구입에 썼다. 다행히 아버지 직장에서 대학등록금 지원이 나왔기 때문에 가능한 일이었다. 그렇게 수천 장의 음반을 모았다.

1990년부터 LP 전성시대가 막을 내린다. 그리고 CD라는 음반 매체가 시상을 잠식하기 시작한다. 음반의 변천사를 따라 수집의 방식도 변화한다. 아날로그에서 디지털로 공간 이동을 선택하는 자만이 미래형 인간이라는 시대적 분위기까지 합세한다.

음반을 모으는 기준은 나름 복잡하다. 좋아하는 음악가, 장르, 악기, 음반 디자인을 종합적으로 고려해서 두 번 이상 생각한 후에 샀다. 그래서인지 내 음반 컬렉션을 구경한 지인들에게 괜찮은 음반이 많다는 칭찬을 듣기도 한다. 신기한 점은 새로운 음반을 모으기도 하지만, 10년 전에 좋아했던 음반을 지금도 변함없이 듣고 있다는 사실이다. 역시 음반 수집이란 사재기나 백화점식 구매보다는 자신의 취향을 분명하게 반영하는 자세가 우선이다.

음반 수집을 통해서 몰랐던 미술가의 작품과 접하는 재미도 쏠쏠하다. 제임스 휘슬러James Abbott McNeill Whistler의 작품은 재즈 라이브 음반 표지로 등장한다. 초현실주의 화가 마그리트René François Ghislain Magritte의 작품은 기타리스트 케니 버럴Kenny Burrell의 음반 표지에 등장한다. 로저 딘Roger Dean은 아예 음반 표지 전문미술가로 이름을 날린다. 그는 영국 아트록 그룹 예스Yes의 음반 대부분을 그렸으며, 2010년 서울 대림미술관에서 커버아트 전시회를 연다. 음악 팬은 로저 딘을 통해 현대미술사와 음악 수집의 역사를 동시에 경험할 수 있다.

반면 수집가의 단점도 존재한다. 수집 행위에만 몰두하면서 주변 현실에는 극단적으로 무감해지는 '오타쿠형 인간'으로 화할 수 있다. 지나치면 가산을 탕진하는 비극이 발생하기도 한다. 수천만 원을 호가하는 고급 수입 오디오를 장만하거나, 주기적으로 이를 교체하는 배포 큰 수집가도 있다. 이들에게 음반 수집은 두 번째 과제이다. 원음에 가까운 오디오를 장만하려고 물불을 안 가린다. 음반에 비해 파괴력이 강한 영역임이 분명하다.

요즘은 인터넷매장을 제외하고는 음반을 구경하기가 예전 같지 않다. 대부분이 파일이나 인터넷으로 음악을 접한다. 몇 해 전 들렀던 신촌의 한 음반매장에서 20대로 보이는 젊은이가 이런 말을 했다. "엄마 방에 가면 이런 음반이 몇십 장 정도 남아 있어요"라고. 이제 음반은 종이 원고지처럼 현대사의 한 페이지로 남을지도 모른다. LP 수집 붐이 다시 불고 있다지만 아직은 미미한 단계이다.

세인은 언젠가 이런 말을 할지도 모른다. "어떤 사람 집에 들렀더니 마루 한쪽이 몽땅 음반이었다, 듣도 보도 못 한 음반이 그저 신기할 따름이었다"라고 말이다. 음반을 통해서 영혼의 소리와 접신하는 것. 이는 추억과 재회하는 것이며, 엄연히 존재하는 현실이며, 미래를 담보하는 일종의 종교 행위와 유사하다.

필자는 아날로그와 디지털을 함께 경험한 세대이다. 다행일까, 불행일까 하고 묻는다면 주저 없이 다행이라고 답하고 싶다. 이유는 아날로그의 뜨거움과 디지털의 차가움을 함께 누렸기 때문이다.

변화의 역사를 몸소 체험하게 해준 존재는 바로 음반이다. 테이프에서 LP, LP에서 CD, CD에서 파일, 파일에서 유튜브로 변화하는 문명의 역사와 교묘하게 일치한다.

물성을 거세해 보이지 않는 존재가 되어버린 음반. 디지털은 인간마저 삼켜버릴 듯한 기세로 속도만을 강요한다. 음반도 공룡처럼 역사의 기록으로 남을 것인가, 아니면 디지털의 홍수 속에서 고고하게 버티는 예술품이 될 것인가. 개발지상주의 역사 속에서 예외로 남았으면 하는 존재, 가치와 소유를 모두 충족시켜주는 예술품으로서의 존재, 역사의 증인으로 영원히 남았으면 하는 존재가 음반이다. 음반이 역사의 예외로 살아남는 순간, 인간은 퇴화하지 않는 생명체로 함께 생을 누릴 것이다. 그것이 음반의 미래이자 역사이다.

보스턴과 서울의
인종주의

2001년 봄. 보스턴대학교의 공기는 권의철 화가의 작품 처럼 맑고 쾌적했다. 일직선으로 길게 뻗은 캠퍼스와 유 럽식 기숙사 건물. 그뿐인가. 찰스강을 앞에 두고 하버드 대학교와 MIT를 마주한 풍경까지. 기숙사에서 도보로 번화가를 오갈 수 있었으며, 무려 26개에 달하는 중고레 코드점이 근방에 위치했다. 30대 중반에 접어든 어학연 수생의 선택지는 미국 보스턴이었다.

이곳의 첫인상은 사회적 무풍지대처럼 한적하고 평화 롭다는 느낌이었다. 도서관 외벽에 걸린 졸업생 마틴 루 서 킹Martin Luther King의 현수막을 보면서 등교를 했다. 대 학도시 보스턴은 인종주의를 경계하는 공간이라 믿고 싶 었다. 며칠 후 총장이 외국 학생을 싫어해서 어학연수 건물을 변두리에 배치했다는 소문이 돌았다. 그렇다면 흑인 인권운동가 현수막의 정체는 뭘까. 신입생을 유치하기 위한 홍보 수단일지 모른다는 의심이 들었다.

정규 수업이 끝나면 원하는 학생끼리 자유토론을 진행했다. 강의실에 약 20여 명의 학생이 모였다. 회화 선생은 일대일로 팀을 만들라고 권했다. 맨 뒷자리에서 보니 흑인 학생은 단 한 명뿐이었다. 검은 피부의 이방인과 대화하려는 학생은 보이지 않았다. 짝을 찾지 못한 그에게 다가가 말을 걸었다. 남아공 출신의 학생은 내게 연신 고개를 숙이며 고마워했다. 그가 백인이었다면 벌어지지 않을 일이었다.

3개월간의 연수 과정을 마치고 인근 다른 대학으로 옮겼다. 그곳에서는 아일랜드계 선생이 인종주의자라는 소문이 돌았다. 아시아계 남학생을 노골적으로 무시한다는 내용이었다. 우연의 일치일까. 문제의 수업이 교과과정에 포함되었다. 그는 영단어 연상퀴즈를 통해 수업을 진행했다. 상식 시험공부를 했던 터라 답을 맞히기가 수월했다. 그의 반응은 소문대로였다. 내가 정답을 말할 때마다 불편해하는 기색이 역력했다. 그는 복도에서 나와 마주쳐도 인사를 받지 않았다. 간단한 목례조차 없었다.

한 달이 지나도 변함이 없었다. 같은 수업을 듣는 중국이나 일본 남학생에게도 비슷한 무시를 반복했다. 나는 피부색과 출신 국가에서 차별 대상으로 찍힌 한국인이었다. 마지막 수업을 마친 날, 그는 세 명의 아시아인과는 악수를 나누지 않았다. 초록 눈의 백인 선생은 인종주의자였다.

보스턴의 공기가 처음 같지 않음을 체감할 무렵에 새로운 사건이 터진다. 캠퍼스 안에 있는 햄버거가게에서 금전 사고가 발발한다는 말을 들었다. 점원이 아시아계 학생에게 상습적으로 거스름돈을 내주지 않는다는 것이었다. 소문은 적중했다. 나에게도 잔돈 지급을 생략했다. "왜"라는 내 물음에 "당신의 지갑을 열어보라"고 반문하던 종업원. 달러 지폐가 나오면 내게 책임을 전가할 심산이었다. 당연히 불쾌했다. 그녀에게 다시 말했다. "그럼 당신의 지갑도 동시에 열라"고. 그 순간 종업원은 뒤에서 음식을 만들던 다른 동료를 호출했다. 실랑이 끝에 결국 잔돈을 포기하고 말았다.

문제는 내 안에 숨어 있던 인종주의였다. 잔돈을 지급하지 않던 종업원은 흑인이었다. 만약 미국인의 60퍼센트를 차지한다는 백인이었다면 그 정도의 불쾌감이 엄습했을까. 인정하기 싫었지만 내 안에도 인종주의자의 피가 흐르고 있었다.

물론 좋은 기억도 많았다. 주말마다 공원에서 말동무를 해줬던 화가 할머니, 학생에겐 엄격했지만 언제나 최선을 다해 수업을 해줬던 이탈리아계 선생님, 다리를 다쳐 수업에 빠진 내게 쾌유 기원 카드를 만들어줬던 고마운 외국 친구들, 매주 놀러 가도 한결같았던 중고레코드점 주인, 마주칠 적마다 미소를 잃지 않았던 기숙사 총무. 나는 그들에게서 인종주의의 어두운 그림자를 발견하지 못했다.

5개월간의 어학연수를 마치고 서울로 돌아왔다. 다시 직장인의 일상을 시작했다. 달라진 것은 그리 많지 않았다. 외국인을 바라보는 시각 또한 마찬가지였다. 지하철을 타면 한국인보다 피부색이 짙은 사람의 옆자리는 빈 경우가 적지 않았다. 동남아시아 출신의 저임금 노동자에게 상습적인 폭행과 임금 체불을 가한다는 뉴스가 흘러나왔다. 서울은 보스턴과 다른 도시인가. 피부색의 옅고 짙음에 따라 차별하지 않는 도시인가. 재력, 학력, 고향, 외모를 잣대로 상대방을 비하하지 않는 건강한 도시인가.

서울은 보스턴처럼 인종주의의 어두운 그림자가 공존하는 장소이다. 지금도 늦지 않았다. 인종주의로부터 자유로운 도시로 화할 가능성은 각자의 양심에 달려 있다. 그 누구도 인종주의자로 태어나지 않는다.

니스에서 만난 사람

3월 말의 프랑스 니스는 예상과 달리 활기가 넘쳤다. 파리 시내와는 비교가 안 될 정도로 깨끗한 거리가 인상적이었고, 친절하지는 않지만 그렇다고 냉랭하지도 않은 분위기가 마음에 들었다. 시차로 인해 새벽에는 해변에 설치한 흰색 의자에 앉아 홍세화의 책을 다시 읽었다.

미술가 마티스Henri Émile Benoît Matisse 와 음악가 파가니니Niccolò Paganini 가 말년을 보냈던 니스는 남프랑스의 대표적인 휴양도시이다. 해마다 수많은 여행객이 니스 해변에서 여름휴가를 보내려고 발걸음을 서두른다. 대한민국에 제주도가 있다면 프랑스에는 니스가 있다. 칸, 망통, 에즈, 앙티브, 생폴드방스는 니스에서 1시간 거리에 위치한 아름다운 도시이다. 음유시인이자 가수 레오 페레Léo

Ferré의 고향인 모나코 역시 니스에서 버스로 40여 분이 면 도착한다.

사흘 내내 니스 해변을 오가면서 반복해서 마주친 사 람들이 있었다. 입가에 적당한 미소를 머금은 관광객과 는 다른, 희로애락을 파악할 수 없는 모호한 표정을 짓고 있었다. 걸음은 느린 편이었고, 오후 햇살이 제법이던 니 스의 날씨와 상관없는 복장을 하고 있었다. 그래서였을 까. 해변을 거닐던 인파 중에서 그들에게 말을 건네는 이 는 보이지 않았다.

여기까지가 2017년 봄의 니스 풍경이다. 이번에는 다 른 시간대의 니스로 이동해보자. 여름휴가를 즐기려는 수영복 차림의 인파가 시야에 들어온다. 그들은 2킬로미 터가 넘는 해변 인도를 더딘 걸음으로 활보한다. 한 손 에는 음료수를, 다른 한 손에는 간식거리를 들고 세상에 서 가장 행복한 표정을 짓고 있다. 곧이어 그들의 뒤편 에서 큼지막한 죽음의 그림자가 다가온다. 그림자의 정 체는 대형 트럭이었다. 순식간에 인도로 돌진한 트럭은 무려 1.8킬로미터를 질주한다. 그것으로 부족했을까. 트 럭 운전기사는 폭주를 멈춘 뒤에 시민을 향해 총기를 난 사한다. 이 사건으로 86명의 사망자와 100명이 넘는 중상자가 니스 해변을 피로 물들인다. 2016년 7월 14일이었다. 일명 '바스티유의 날'이라 불리는 프랑스대혁명 기념일에 벌어진 참사였다.

해변에서 마주친 남자들의 정체는 바로 무장군인이었다. 기관총으로 무장한 네 명은 사각 편대로 니스 해변에서 경계근무를 수행하고 있었다. 이러한 풍경은 니스 번화가나 공항에서도 어렵지 않게 마주칠 수 있었다. 게다가 니스에 도착한 다음 날, 런던 중심가에서 테러가 발생해 유럽 전체가 불안과 충격에 휩싸여 있었다.

소매치기나 불량배가 적지 않다는 소문은 적어도 니스 해변에서는 기우에 불과했다. 무장군인 덕분인지 니스행은 별 탈 없이 마무리되었다. 막연한 우려와 달리 테러 직후의 장소는 의외로 안전하다. 그곳은 경찰이나 군 병력이 두 번째 참사를 막으려고 최선을 다하기 때문이다.

하지만 대참사의 흔적까지 지울 수는 없다. 해가 떨어진 니스 해변은 2016년 여름에 벌어진 비극을 떠올리듯 스산하고 울적했다. 니스와 런던 참사 이후 소프트 타깃이라 불리는 민간인 참사의 현장부터 술집, 지하철, 경기장 등 밀폐 공간에서 벗어난 모든 지역이 테러의 대상이라는 공포감을 확산시켰다. 아쉬운 부분은 중동이나 남미 지역에서 꾸준하게 벌어지는 문지 마 테러는 언론의 주목마저 제대로 받지 못하는 테러 불평등 영역이라는 사실이다.

대한민국은 테러 청정구역에 속한다. 늦은 밤에도 서울 곳곳을 활보할 수 있는 자유가 허용된다. 미국과 달리 총기나 마약류에 대한 단속도 철저한 편이다. 하지만 대규모 테러의 가능성으로부터 영원토록 안전하다는 보장은 없다. 테러는 패권주의국가나 세계적으로 주목받을 만한 도시를 목표로 한다. 뉴욕, 런던, 파리, 니스가 그랬다.

서울은 세계적인 도시이다. 앞으로도 번화한 도시의 이미지를 유지해나갈 가능성이 높다. 아쉬운 부분은 서울을 상징하는 커다란 그림이 떠오르지 않는다는 것이다. 도시의 얼굴은 하루아침에 만들어지지 않는다. 인간처럼 도시의 정신이 건강한 모습으로 드러날 때 사람들은 도시를 기억하고 사랑할 것이다. 올해도 니스의 여름은 서울처럼 뜨겁고 번잡할 것이다.

이슬람국가의 시간

시간이란 공평한 가치재일까. 주어진 환경이 동일하다는 전제하에서는 그렇다. 시간과 달리 인간을 둘러싼 환경은 제각각이다. 저임금 노동자에게 주어진 하루는 기초 생활비를 얻기 위한 교환재이다. 그들에게 휴식이나 자유시간이란 비대칭적인 가치재이다. 공간도 시간의 불공평함을 확인시켜주는 존재이다. 대한민국의 1년과 분쟁에 시달리는 중동 지역의 365일은 엄연히 다른 시간이다.

2014년 6월 29일. 바그다디Abu Bakr al-Baghdadi는 이슬람국가 건국을 선포한다. 시리아 동북부와 이라크 북부 지역을 기반으로 한 새로운 국가가 등장한 것이다. 테러의 상징으로 알려진 이슬람국가의 탄생은 시계의 태엽을 거꾸로 돌려야 맥을 잡을 수 있는 사건이다.

2011년 말 미군은 이라크에서 철수한다. 오사마 빈라덴을 사살한 2011년 5월 이후, 중동 국가와 분쟁을 원치 않았던 오바마 정부의 결단이었다. 2009년에 취임한 오바마는 전임 대통령이 남용했던 '테러와의 전쟁'이라는 정치 용어를 폐기한다. 그는 이라크 전쟁을 반대했던 유일한 상임의원이었다.

2007년 1월 부시 대통령은 이라크 전쟁의 실패를 공개 선언한다. UN의 반대를 무시하고 저지른 이라크전은 미국인의 공분을 사기에 충분했다. 럼스펠드 국방장관은 2006년 11월에 치른 중간선거 전날 사임서를 제출한다. 이라크전으로 인한 퇴역 장성들의 비난과 공화당의 하락세가 더해 부시 정권은 내리막길로 접어든다.

미군은 2003년 12월 과거 미국의 군사적 후원을 받았던 사담 후세인Saddam Hussein을 체포한다. 이라크의 후세인 정권은 파격적인 조건을 내놓는다. 사담 후세인의 망명, 미국의 사찰 인정, 미국회사에 석유를 포함한 경제적 이권 제공, UN이 인정하는 선거 실시, 아랍·이스라엘 평화협정 협조 등이 그것이다. 이라크 내 대량살상무기가 존재하지 않는다는 사실에도 불구하고 부시 정권은 전면전을 시도한다. 걸프전 이후 전쟁 능력을 상실한 이라크군은 별다른 저항 없이 패전국의 멍에를 짊어진다.

후세인이 체포된 뒤 이라크는 혼란의 소용돌이에 빠진다. 알카에다의 폭탄 테러, 수백만 명에 달하는 이라크 난민, 수니파와 시아파의 무력충돌 등으로 인해 중동의 화약고는 파국으로 치닫는다. 원유국가인 이라크 점령 이후의 계획이 전무했던 미국 정부는 그제야 전쟁의 뼈아픈 대가를 체감한다. 2003년 2월 세계 각지에서 이라크전 반전시위가 벌어진다. 9 · 11 테러와 아무런 관련도 없는 이라크를 상대로 벌인 패권국가의 횡포를 반대하는 시위였다. 역사상 최대 규모의 반전시위에도 불구하고 미 군부는 전쟁의 시간을 원한다. 부시 행정부는 미국 언론에 '이라크는 9 · 11 테러와 관련이 있다'는 거짓 정보를 흘린다. 미 군부는 두 번째 이라크전을 통해서 이란, 시리아 등을 견제하는 전략을 세운다.

1999년 11월. 독일 함부르크에서 유학 생활을 하던 아랍계 유학생 네 명이 아프가니스탄 산악 지대를 방문한다. 그들은 오사마 빈라덴과 접견한 이후 지하디스트 Jihadist 로서 충성을 맹세한다. 함부르크 그룹의 리더 아타 Mohamed Mohamed El-Amir Awad el-Sayed Atta 는 민족주의자로서 제2의 인생을 택한다. 그에게 필요한 건 자신을 키워준 여유롭고 윤택한 시간이 아닌, 중동의 밝은 미래를 책임져야 하는 운명의 시간이었다.

종교분쟁을 제외하면 한반도와 중동의 지리적 운명은 닮은꼴이다. 두 지역은 열강의 대리전쟁 각축장이었다. 미·소 냉전 시대 격전지였던 아프가니스탄, 악의 축으로 분류한 이란과 이라크, 미국 정계의 큰손으로 자리 잡은 이스라엘.

지속적인 외세의 침략과 정치공세로 화약고가 되어버린 중동 지역은 예측불허의 상황으로 치닫는다. 그들에게 안전하고 평화로운 미래란 없다. 지금도 그곳에서는 크고 작은 전쟁의 아비규환이 펼쳐진다. 그들에게 시간이란 성전을 위한 소비재에 불과하다. 국가의 시간은 역사와 지형과 종교와 민족에 따라 운명을 달리한다.

독과점의 폐해는 고스란히 국민에게 돌아가기 마련이다. 군사강대국의 폐해는 주변 국가와 국민 모두에게 막대한 피해를 끼친다. 이라크에 이은 이란의 시계는 멈춰 있다. 다시 시계를 움직이게 할 주변 국가의 이해와 도움이 절실한 상황이다. 이슬람국가의 시간은 거꾸로 간다.

내일은 늦으리

마이클 잭슨, 밥 딜런, 스티비 원더Stevie Wonder, 빌리 조엘 Billy Joel, 레이 찰스Ray Charles Robinson, 폴 사이먼Paul Frederic Simon, 다이애나 로스Diana Ross, 브루스 스프링스틴Bruce Frederick Joseph Springsteen, 케니 로긴스Kenny Loggins, 해리 벨 라폰테Harry Belafonte, 신디 로퍼Cynthia Ann Stephanie, 티나 터 너Tina Turner, 조 카커Joe Cocker, 윌리 넬슨Willie Hugh Nelson, 킴 칸스Kim Carnes, 라이오넬 리치Lionel Brockman Richie Jr., 스 티브 페리Steve Perry.

세계 팝을 선도했던 음악인들이 미국 로스앤젤레스 의 A&M 레코딩 스튜디오에 모인다. 에티오피아 난민구 제기금 마련을 위한 음악을 녹음하기 위해서였다. 단체 의 이름은 USA for Africa. 음악가 퀸시 존스Quincy Delight

Jones Jr.의 지휘하에 뭉친 45명의 팝스타들. 〈위 아 더 월드We Are the World 〉는 그렇게 세상에 나온다. 20년을 넘긴 독재 문화가 터를 잡은 국내에서는 상상하기 힘든 사건이었다. 이튿날 새벽까지 완성한 곡의 효과는 대단했다. 음반 판매 수익은 4,000만 달러를 상회했고, 음반과 싱글 모두 빌보드 정상을 차지한다.

〈위 아 더 월드〉는 2010년에 다시 모습을 선보인다. 아이티 지진 피해자를 위해 기획한 행사에는 카를로스 산타나, 저스틴 비버Justin Drew Bieber , 재닛 잭슨Janet Jackson , 제이미 폭스Jamie Foxx , 셀린 디옹Celine Dion , 토니 베넷Tony Bennett 등이 참여한다. 2014년에는 에볼라 바이러스 퇴치를 위해 〈위 아 더 월드〉가 재탄생한다.

음악을 통한 기부 행사의 발원지는 영국이었다. 그룹 핑크 플로이드의 음악영화 〈더 월Pink Floyd: The Wall 〉의 주연으로 출연한 밥 겔도프Bob Geldof . 그는 1984년 영국과 아일랜드 출신의 음악가를 설득해 밴드 에이드Band Aid 라는 이름으로 〈두 데이 노 이츠 크리스마스?Do They Know It's Christmas? 〉라는 싱글을 발표한다. 아프리카 난민지원을 위한 음반 제작에 스팅Sting , 보노Bono , 보이 조지Boy George , 필 콜린스Phil Collins 등이 함께한다.

2018년 하반기를 퀸의 해로 만든 영화 〈보헤미안 랩소디Bohemian Rhapsody〉의 마지막 공연 장면을 기억할 것이다. 1985년 7월 13일, 영국 웸블리 스타디움. 프레디 머큐리Freddie Mercury가 참여한 라이브 에이드Live Aid는 에티오피아 난민지원을 위한 대규모 자선 공연이었다. 이후 필라델피아, 시드니, 모스크바에서도 릴레이 공연이 펼쳐진다. 이러한 사회 공헌 형태의 공연은 뒤늦게 한국 대중음악계에도 영향을 미친다.

한국판 라이브 에이드로 불렸던 콘서트는 1992년부터 1995년까지 이어졌다. 그 당시로는 생소했던 환경보호를 위한 목적으로 신해철, 서태지와 아이들, 윤상, 이승환, 김종서, 김종진, 015B 등이 참여한다. 환경보전슈퍼콘서트의 타이틀은 '내일은 늦으리'. 이후 매년 공헌 음반을 발표하여, 단지 개인의 영역으로 치부하던 대중음악의 정체성을 사회로 확장하는 데 성공한다. 그 배경에는 신해철이라는 한국의 밥 겔도프가 있었다.

어린 시절에 뛰놀던 정든 냇물은
회색거품을 가득 싣고서 흘러가고
공장 굴뚝에 자욱한 연기 속에서

내일의 꿈이 흐린 하늘로 흩어지네 …

이젠 느껴야 하네 더 늦기 전에

첫 음반에 수록된 〈더 늦기 전에〉의 가사이다. 그리고 오늘날, 서울 하늘에는 별이 존재하지 않는다. 도심에는 표정 없는 마스크 부대만 가득하다. 노랫말처럼 내일의 꿈은 먼지와 코로나19 속에서 그 형체를 달리한다. 지금 우리는 환경문제를 등한시한 대가를 무겁게 치르고 있다. 세계의 하늘과 땅은 미세먼지와 바이러스로 신음하고 있다.

다시 1992년으로 돌아가 보자. 비록 환경문제에 관한 공감대는 미미했지만 맑은 공기를 들이킬 수 있었던 세월이었다. 이제는 막다른 공간으로 진입한 것일까. 늦었지만 자연과 인간이 어우러진 이타적인 서울을 상상해 본다.

별이 빛나는 밤에

머리에 비닐을 뒤집어쓴 시민이 저녁 뉴스에 등장했다. 대낮인데도 안개도시처럼 음산한 기운이 도심을 뒤덮었다. 중국 베이징은 황사와 미세먼지로 뒤덮여 있었다. 낮 시간인데도 햇빛은커녕 희뿌연 먼지가 상공을 점거하고 있었다. 저런 도시는 인간이 체류할 하등의 이유가 없다고 자조했다. 환경계획이 무방비 상태인 중국 정부가 한심해 보였음은 물론이고, 한국에서 태어났음이 고마운 순간이었다.

　뉴스에 간혹 등장하던 미세먼지가 사회문제로 떠올랐다. 강 건너 불 보듯 했던 중국 미세먼지의 공포가 한국으로 상륙한다. 눈에 보이지 않을 정도로 입자가 작은 먼지를 의미하는 미세먼지의 재난 시대이다. 24시간 평

문화중독자
봉호 씨

균 먼지 농도가 250마이크로그램 퍼 제곱미터$^{\mu g/m^{3}}$ 이상, 또는 시간당 평균 농도가 400마이크로그램 퍼 제곱미터 이상 2시간이 지속될 때 기상청이 발표하는 기상경보인 미세먼지경보 역시 최근에 알려진 용어이다.

거대한 불행은 인간의 의지를 뛰어넘거나 무너뜨린다. 공해 대책이 미미했던 한국 땅에 불청객이 들이닥친다. 중국발 미세먼지 핑계를 대던 정부도 슬슬 부담을 느끼기 시작했다. 중국은 중국이고, 한국의 공해문제를 해결하자는 여론이 퍼져나간다. 대한민국 전역이 외출도 산책도 마음대로 할 수 없는 지경에 이르렀다. 아침에 일어나면 미세먼지와 초미세먼지 지수부터 살피는 것이 일과가 되었다.

해외 이민을 준비하는 한국인에 대한 다큐멘터리를 본 적이 있다. 20세기에는 기회의 땅이라 불리던 영어권 국가로 떠나는 이가 대부분이었다. 하지만 이제는 다양한 이유로 해외 이민을 시도한다는 내용이었다. 그중 하나가 미세먼지였다. 미국이나 캐나다가 아니라도 공기 좋은 동남아 국가를 찾아 떠나는 이들이 늘어나고 있다. 먼지가 한국에 거주하는 시민을 해외로 몰아내는 기현상이 벌어지는 중이다.

온퇴 후 말레이시아 이민을 준비하는 지인이 있다. 아내가 암 투병 중이라 수년 전부터 현지답사를 거듭하고 있더라. 한국에서는 사라지다시피 한 맑은 공기를 마음껏 마시며 가족의 건강을 챙기겠다는 의도이다. 게다가 물가가 저렴해 상대적으로 여유 있는 생활을 기대하는 눈치였다. 영어권 국가보다 인종차별이 덜하기에 일석삼조의 효과를 누릴 수 있다는 내용이었다.

이민이라고는 상상조차 하지 않던 나 역시 요즘은 마음이 불안하다. 하루가 멀다 하고 찾아오는 희뿌연 먼지가 두렵다 못해 지겹기 때문이다. 공기 노이로제가 이 정도로 고통스러울 줄은 몰랐다. 서울 장위동 밤하늘에 떠 있던 별을 보던 초등학교 시절이 영원할 줄 알았다. 별이 빛나는 밤이 얼마나 소중한지를 뒤늦게 깨달았다.

고흐의 〈별이 빛나는 밤에 La Nuit étoilée〉는 화가 자신이 보았던 밤하늘을 떠올리며 완성한 작품이다. 보색 대비를 즐겨 사용했던 고흐는 이 그림에도 비슷한 방식을 고수한다. 노란색과 남색이라는 보색을 이용해서 프랑스 남부 지방의 밤하늘을 화폭에 담아낸다. 작품이 등장했던 1889년은 프랑스와 한국 모두 하늘의 별을 마음껏 볼 수 있던 시대였다.

미세먼지의 나라로 전락해버린 한국은 이제 별을 보기가 어려워졌다. 별은 고사하고 밤하늘을 응시할 일 자체가 사라졌다. 캐나다나 아이슬란드에서나 볼 수 있다는 오로라처럼, 쏟아질 듯한 별을 보기 위해서는 비행기 표를 끊어야만 한다. 서울 상공에서 별이 사라진 지는 이미 오래이다. 만약 고흐가 살아 있다면, 그가 한국에서 미술 활동을 한다면, 그의 작품 제목은 〈별이 사라진 밤에〉로 해야 할 것이다.

서울의 대중교통 인프라는 세계 최고 수준이다. 지하철은 제시간에 도착하고, 청결 상태도 완벽에 가깝다. 버스 전용차선은 지금까지 문제없이 운영 중이다. 서울과 수도권을 잇는 광역버스도 비교적 안정적으로 운행된다. 택시를 잡기 힘든 시간대나 지역은 고작해야 밤 11시 이후의 종로, 강남역, 홍대입구 정도이다. 장거리는 택시 애플리케이션을 이용하면 된다. 여기에 자가용까지 추가할 필요가 있을까.

질문의 대답은 정부 관계자와 자가운전자가 알 것이다. 별이 빛나는 밤을 되찾고 싶다면 '합리적인 불편함'에 동참해야 한다. 다시 말하지만 서울은 자가용 이용을 조절해도 괜찮은 도시이다. 차 없는 도시가 아니라면 앞으로의 미세먼지 대책은 대부분 공염불에 불과할 것이다. 합리적 불편함을 감수하려는 자세가 아쉬운 지금이다.

질문하는 만화가
최규석

폴 사이먼과 아트 가펑클Art Garfunke은 음악적 동료인 동시에 경쟁 상대였다. 작사·작곡 능력이 탁월한 폴 사이먼과 미성의 소유자 아트 가펑클. 폴 사이먼은 자신이 직접 영화음악을 완성할 정도로 재능이 뛰어났다. 반면 아트 가펑클은 리메이크 곡 위주의 음악 활동을 했다.

　이들처럼 '곡 따로 노래 따로' 현상은 만화계에서도 만날 수 있다. 예를 들어 만화가 허영만의 옆자리에는 김세영이라는 걸출한 스토리작가가 존재했다. 《벽》《오! 한강》《타짜》에 이르는 명작이 김세영의 시선으로 만들어진다. 스토리텔링의 중요성을 인식한 허영만은 각고의 노력 끝에 《식객》부터 자신이 직접 글과 그림 작업에 관여한다. 한편 국문학을 전공한 강풀은 글과 그림을 아우르는 웹툰자가 시대를 주도한다.

　애니메이션 강국 일본과 달리 한국에서는 만화의 위상이 그리 높지 않았다. 대화에서 차용하는 '만화'라는 표현은 비현실적인 상대방의 인격을 폄하하는 용도로 쓰였다. 하지만 웹툰 전성기가 열리면서 상황은 조금씩 달라진다. 만홧가게나 도서대여점에서나 접하던 만화책이 휴대전화 속으로 들어온다. 최규석의 언어를 빌리면 '서는 데가 바뀌면 풍경도 달라지는' 상황이었다. 인터넷과 휴대전화 공간에 만화가 입주하면서 3세대 만화가의 활약이 시작된다. 그들은 대부분 글과 그림 모두를 창작한다. 역으로 말하면 아무리 그림 실력이 뛰어나도 글쓰기 능력이 떨어지면 활동을 지속하기가 쉽지 않아진 것이다. 그런 배경에서 최규석의 등장은 의미가 깊다. 10년 넘는 무명작가 시절을 버틴 뒤에 그는 재미보다는 현실을 다루는 작품에 도전한다.

　만화 《송곳》은 최규석의 감각이 녹슬지 않았음을 보여주는 작품이다. 그는 수십 번에 걸친 취재 끝에 문제작을 세상에 선보인다. 문화예술 탄압이 판을 치던 2015년 5월 《송곳 1》을 출간한다. 초기작 《습지생태보고서》에서 드러난 웃음 코드는 《송곳》에서 찾아볼 수 없다. 그림체는 거칠고 투박하다. 촌철살인의 질문만이 《송곳》의 골격을 이룬다. 외국 기업이 경영하는 대형마트에서 탄압받는 노동자의 일상이 큰 줄거리이다. 여기서 가장 논쟁적인 인물은 노동상담소에서 일하는 구고신이다. 그는 민주화투쟁 끝에 중병을 얻지만 노동자의 편에서 싸우기를 포기하지 않는다. 구고신은 "잠깐 머무는 일터에 매달릴 필요가 있냐"고 항변하는 노동자에게 말한다.

세상에 정류장은 없다. 우리가 머무는 모든 곳이 목적지이다.

최규석은 "취재한 사람들의 의지와 회의, 낙관과 비관, 영광과 상처를 접하면서 만화를 완성했다"고 언급한다. 구고신은 "시키면 시키는 대로 못 하고 주면 주는 대로 못 받는 인간들, 세상의 걸림돌 같은 인간들이 노동법을 완성했다"고 말한다. 최규석은 오물을 뒤집어쓴 뒤에 찾아오는 역설적 자유의 가치를 등장인물 이수인 과장에게 투사한다. 이 과장은 만화에서 송곳의 전형으로 등장한다.

송곳은 위해적인 특성이 있는 물건이다. 저자는 송곳

에 곧은 인성을 부여한다. 탄압과 무시를 일삼아도 하나 쯤은 비집고 나오는 존재. 노조 설립을 불허하는 절대권력에 대항하는 용기. 선한 약자를 악한 강자로부터 지키는 것이 아니라, 시시한 약자를 위해 시시한 강자와 싸우는 신념. 송곳이란 인간이 궁극적으로 원하는 두 번째 세상을 여는 묵직한 열쇠이다. 만화《송곳》의 유명세는 작품의 확장성에 근거한다. 최규석은 노동문제를 포함한 일상에서 발발하는 비합리성을 만화로 풀어낸다.

세상을 떠난 스티븐 호킹Stephen William Hawking은 "재밌지 않으면 인생은 비극"이라고 말했다. 과연 그럴까.《송곳》과 2019년 작《지옥》은 재미보다 의미를 추구하는 만화이다. 영화 〈부산행〉의 연상호 감독과 최규석의 합작인 《지옥》은《송곳》보다 방대해진 주제를 다룬다. 웹툰《지옥》은 인간의 죄와 이를 벌하는 이야기이다. 작가는 등장인물의 입을 빌려 이렇게 이야기한다.

죄인들이 무책임한 안락을 누릴 때 선한 자들만 죄의 무게를 떠안는다.

사이비종교, 살인 사건, 괴물의 등장으로 만화는 현실

과 비현실을 부지런히 오간다. 죄와 벌, 가해자와 피해자라는 이원론의 잣대가 다소 불편하지만 아직은 완결까지 모두 공개되지 않은 상황이라 작품을 평하기에는 다소 이르다는 생각이다.

앞으로도 최규석은 막다른 길목에서 스스로에게 질문하는 만화를 만들 것이다. 최 작가의 다음 질문이 궁금해진다. 그는 끊임없이 질문하는 작가이다.

동네 서점의 불빛

동네 서점의 추억은 1980년대로 거슬러 올라간다. 고등학교에 입학하면서 참고서가 아닌 종류의 책을 구입할 수 있었다. 용돈이 넉넉하지 않았기에 한 달에 두세 권을 구입하는 것이 전부였다. 책에 대한 수요와 공급의 극심한 불균형에서 벗어날 수 없었다. 일주일 넘게 서점을 들락거리면서 사야 할 책을 고민했다.

등굣길 동선에 걸리는 서점은 지하철 숙대입구역 근방이었다. 고등학교가 용산구 후암동이다 보니 자연스럽게 지하철 4호선을 이용했다. 서점의 이름은 기억나지 않는다. 남영동 사거리에 자리 잡은, 일대에서 제일 큰 책방이었다. 그곳은 오랫동안 머물러도 눈치를 주지 않는 편안한 서점이었다.

집 근처 서점도 기억난다. 주인아저씨는 매출이 쏠쏠한 참고서보다 인문서나 사회과학서 판매에 보람을 느끼는 인물이었다. 말하자면 서점 운영자의 정체성에 골몰하던 사람이었다. 대학 수업을 마치고 서점에 가면 그는 늘 읽을 만한 신간을 추천해줬다. 1987년 6월민주항쟁에 대해 어떻게 생각하냐는 책방 주인의 질문이 유일한 정치적 발언이었다.

1990년대 중반이 되자 서점 주인의 표정이 어두워지기 시작했다. 동네에 대여섯 개의 도서대여점이 들어서면서부터였다. 주인은 내게 신간 문학 서적이 예전처럼 팔리지 않는 데다 서점을 찾는 이도 줄었다고 토로했다. 나 역시 책 살 돈을 아끼기 위해 동네 도서대여점 두 군데를 부지런히 방문했다. 신간 한 권을 살 돈으로 대여섯 권을 빌려 읽을 수 있기 때문이었다. 도서대여점의 위력은 대단했다. 결국 서점 주인은 승부수를 띄웠다. 부모님이 운영하던 서점 바로 옆 구멍가게를 서점으로 확장한 것이었다. 비치한 책이 많아지면 발길이 뜸해진 단골이 돌아올 것이라는 생각에서였다. 아쉽게도 주인의 시도는 실패로 돌아갔다. 도서대여점으로 발길을 돌린 사람들은 다시는 동네 서점을 찾지 않았다. 1997년에 터진 경제

위기도 도서대여점의 시대를 부추겼다. 소비를 줄여야만 한다는 지상명령이 대한민국을 휩쓸었다.

2000년대로 접어들자 전자상거래 전성시대가 열린다. 이번에는 인터넷서점이 등장한다. 동네 서점에서 감당할 수 없는 할인 공세, 다양한 책 목록, 빠른 배송을 무기로 장착한 신종 서점이었다. 도서대여점을 압도하는, 보이지 않는 서점이 등장한 것이다. 직장 퇴근길에 동네 서점이 사라진 것을 알았다. 그곳에는 편의점이 자리를 지키고 있었다. 동네 서점에 발길을 끊어버린 내 결정에 오랜 시간 아쉬움을 느꼈다. 비용을 핑계로 관계를 포기한 대가였다.

마포구로 이사를 했다. 경기도 파주와 함께 출판도시의 명맥을 이어가는 마포의 인상이 좋았기 때문이다. 이곳에서 하나둘씩 문을 여는 동네 서점을 지켜보았다. 천정부지로 치솟는 월세의 압박에 다른 동네로 이전하거나 폐업하는 동네 서점도 적지 않았다. 2019년 말 기준으로 마포구의 서점 수가 50개를 돌파했다는 기사를 읽었다. 전국에서 가장 서점이 많은 동네라는 내용도 확인했다. 정부는 2018년을 '책의 해'로 지정한다. 달라진 것은 없었다.

종합서점이 아닌 특화서점으로 명맥을 이어가는 동네 서점이 속속 등장하고 있다. 반갑다는 마음보다는 우려가 앞선다. 책을 구경하는 방문객은 보여도 책을 사는 고객은 과연 몇이나 될까 하는 생각이 들었기 때문이다. 10년 후에는 종이책 자체를 신기하게 보는 신세대가 등장하리라는 우려도 적지 않다. 실제로 독서가 아닌 소장품으로 책의 용도가 변하고 있다. 이것도 4차 산업혁명의 결과라면, 나는 거부하고 싶다. 문명의 발전은 인간의 사유 기능을 집요하게 마비시킨다.

연남동길을 걷다가 여행 서적을 전문적으로 파는 '서점 리스본'과 다시 마주쳤다. 서점 유리창 너머로 이리저리 쌓아놓은 여행 책자가 눈에 들어왔다. 점심시간인데도 서점의 문은 굳게 닫혀 있었다. 이 책방도 결국 문을 닫은 것인가 하는 마음에 쉽사리 발길을 옮길 수 없었다. 작은 출입구 옆에 쌓인 책 포장 박스를 본 후에야 가던 길을 재촉했다. 마음 같아서는 저녁시간에 다시 서점 리스본에 들러 동네 서점의 불빛을 느끼고 싶었다.

동네 서점의 불빛은 문화도시의 상징이다. 이는 책을 팔아 떼돈을 벌겠다는 욕망이 아닌, 책을 건네며 소통을 시도하려는 이들의 간절한 소망이다. 도시화의 잔재인

젠트리피케이션의 사각지대인 홍대 일대에는 서점이 존재한다. 돈보다 가치에 영혼을 내맡긴 현자들이 동네 서점을 어렵사리 지키고 있다.

책을 읽자는 호소는 필요 없다. 책보다 흥미로운 매체가 많다는 핑계도 중요치 않다. 동네 서점의 불빛처럼 책을 아끼고 사랑하는 일상이 멈추지 않기를 바란다. 지금도 책방을 찾는 이들은 최후의 책 탐구자이자 동네 서점 변천사의 산증인이다. 책의 역사는 곧 인간의 역사이다.

문화중독자
봉호 씨

나가는 글

2016년 겨울이었다. 반나절이 멀다 하고 특종 기사가 쏟아져 나오던, 폭풍 전야의 연속이었다. 그 당시 〈세계일보〉에 독서에 관한 칼럼을 실었다. 시국 사건을 소재로 주춤해진 독서 열기를 끌어올리자는 내용이었다. 칼럼 작성에서 중요한 부분은 바로 '현재성'이다. 이를 제대로 표현하기 위해서는 과거와 미래의 연계를 염두에 두어야만 한다. 과거와 미래를 거세한 현재란 절반의 글쓰기에 불과하기 때문이다.

그해 12월 마지막 주에 〈경향신문〉에서 전화가 왔다. 대중문화 정기 칼럼을 요청하는 내용이었다. 개인적인 관심 분야와 신문사의 요구 사항이 일치하기에 망설임 없이 연재를 시작했다. 당연히 정치보다는 문화에 관한 내용이 중심이 되었다. 작업을 위해 진보와 보수 일간지를 섭렵했다. 칼럼 쓰기를 위한 신문 읽기는 기사의 논조를 빠른 속도로 잡아내는 일의 연속이다. 논조를 놓치거나 착각하면 편향된 사고에 빠질 위험이 도사린다. 따라서 편식은 금물이다.

처음 연재할 때 '제목 수정은 신문사의 권한'이라는 안내 메일이 왔다. 전부 다섯 개 칼럼의 제목이 바뀌었다. 마음에 들기도, 들지 않기도 했다.《문화중독자 봉호 씨》

에서는 애초에 정했던 제목으로 내용을 정리했다. 무삭제판과 신문사판을 동시에 고려해서 내용을 다듬었다.

퇴고 역시 글의 현재성이 중요하다. 연재 과정에서 주변 독자의 반응 또한 분분했다. 비교적 논쟁의 소지가 적은 대중문화 칼럼임에도 불구하고 지인마다 다른 의견이 존재함을 깨달았다. 필자의 손을 떠난 모든 글은 사회로 권리가 이전된다.

출판사처럼 신문사도 칼럼 수정의 권한이 주어진다. 단어 하나에도 어감과 해석이 다르기에 확인에 확인을 거치는 작업이 이어졌다. 그럼에도 불구하고 두어 달 간격으로 진위 여부를 확인하는 신문사 측의 전화번호가 휴대전화에 찍혔다.

칼럼 연재는 정확히 3년간 이어졌다. 마감 시간에 쫓겨 글을 쓰는 행위는 글 쓰는 모든 이에게 도움이 되지 않는다. 사건 사고가 중요한 정치 칼럼이라면 모를까, 급하게 쏟아낸 글은 독자에게도 외면받기 십상이다. 앞서 이야기했듯이 초고는 단지 초고일 뿐이다. 강박에 가까운 퇴고 과정을 통해 글을 매조지 해야 한다. 마감 2~3일 전에 원고를 보내고, 시국에 따라 원고 수정이 필요하면 변경 요청을 했다.

글을 정리하다 보니 음악을 소재로 한 원고가 많았음을 재확인했다. 인물, 현대사, 영화, 미술 등에 관한 칼럼이 뒤를 이었다. 하나의 칼럼에 하나의 문화만을 넣을 수는 없는 법이다. 소재와 주제가 일치할 수도 있지만, 역설이나 반전을 위해 다양한 요소가 등장하기도 한다. 정확한 사실관계를 확인하는 사후 작업은 필수다. 가급적 두 개 이상의 채널을 통해 확인을 거듭했다. 신문사의 정치 성향에 따라 칼럼의 논조가 영향을 받을 수도 있다. 이러한 유혹으로부터 중심을 잡는 과정이야말로 중요하다.

세상에 완전무결한 글은 없다. 그러나 허점투성이 글은 존재한다. 존재하지 않는 것과 존재하는 것. 두 가지 화두에서 줄타기를 멈추지 않는 삶이 글 쓰는 모든 자의 숙명 아니던가. 이 숙명을 달게 받아들이는 용기와 열정이 칼럼니스트의 자격이다.

결실이 작든 크든, 길다면 긴 시간이었다. 방관자로 살았던 젊은 날에 대한 반전의 기회라 여겼지만 아쉬운 부분이 적지 않다. 글로써 세상에 기여하고 싶은 마음은 지금도 여전하다. 세상의 모든 쓰는 자와 읽는 자의 건승을 기원한다.

문화중독자 봉호 씨

초판 1쇄 인쇄 2020년 10월 20일
초판 1쇄 발행 2020년 10월 30일

지은이 이봉호
발행인 박효상
편집장 김현
기획·편집 김설아 김준하
디자인 이연진
마케팅 이태호 이전희
관리 김태옥

종이 월드페이퍼 | **인쇄·제본** 현문자현 | **출판등록** 제10-1835호
펴낸 곳 사람in | **주소** 04034 서울시 마포구 양화로11길 14-10(서교동) 3F
전화 02) 338-3555(代) | **팩스** 02) 338-3545 | **E-mail** saramin@netsgo.com
Website www.saramin.com

ISBN 978-89-6049-868-6 (03810)